DU MÊME AUTEUR

Au Mercure de France

MAMAN EST MORTE, *récit*, 1990, Mercure de France, 1994

LES DERNIERS SERONT LES PREMIERS, *nouvelles*, 1991

MADAME X, *roman*, 1992

LES JARDINS PUBLICS, *roman*, 1994

LES MAÎTRES DU MONDE, *roman*, 1996 (Folio n° 3092)

MACHINES À SOUS, *roman*, 1998 (Folio n° 3406)

SOLEIL NOIR, *roman*, 2000 (Folio n° 3763)

L'AMANT RUSSE, *roman*, 2002

GRANDIR, *roman*, 2004 (Folio n° 4251)

CHAMPSECRET, *roman*, 2005

ALABAMA SONG, *roman*, prix Goncourt 2007 (Folio n° 4867)

Chez d'autres éditeurs

HABIBI, *roman*, Michel de Maule, 1987

TRISTAN CORBIÈRE, *hommage*, « Une bibliothèque d'écrivains », éd. du Rocher, 1999

À PROPOS DE « L'AMANT RUSSE », *notes sur l'autobiographie*, Nouvelle Revue française, Gallimard, janvier 2002

LE JOUR DES FLEURS, *théâtre*, in « Mère et fils », Actes Sud-Papiers, 2004

EDDY WIGGINS, le Noir et le Blanc, Éditions Naïve, 2008

ZOLA JACKSON

Gilles Leroy

ZOLA JACKSON

ROMAN

MERCVRE DE FRANCE

Mercure de France, 2010.

à Audrey Dauman
à Ionuț Rădulescu

« La variété de rose "American Beauty" ne peut être produite dans la splendeur et le parfum qui enthousiasment celui qui la contemple qu'en sacrifiant les premiers bourgeons autour d'elle. Il en va de même dans la vie économique. Ce n'est là que l'application d'une loi de la nature et d'une loi de Dieu. »

JOHN D. ROCKEFELLER,
cité par John Kenneth Galbraith
dans « L'art d'ignorer les pauvres »
(*Harper's Magazine*,
trad. *Le Monde diplomatique*).

« Si les dieux font le mal, c'est qu'ils ne sont pas des dieux. »

EURIPIDE.

Un dimanche de rêve

Nouvelle-Orléans, Louisiane, août 1994

J'aime ça. J'aime quand la cuisine est poudrée de cannelle, de colombo, de cumin, quand les épices en volutes transforment ma maisonnette en bonbonnière. J'ai l'ouvre-boîte universel pour les tomates pelées, les bananes en sirop, le maïs en grain, le piment oiseau et le lait de coco.

C'est un beau jour : le bulletin météo a promis des heures de soleil et j'entends les voisins qui s'affairent autour du barbecue, comme je devrai m'y coller bientôt, j'imagine, s'il n'arrive à temps pour me sauver.

J'ai horreur des grils.

J'en ai une peur panique, car c'est un sport d'homme, un privilège d'homme et de nanti.

Toujours en retard. C'est plus fort que lui. Une heure que j'attends, ou presque. Ce n'est pas mon fils, non, mon fils est ponctuel — c'est le fait de l'autre, le mou du cerveau, c'est bien lui qui retarde. J'en mettrais ma main à couper si seulement j'avais une main à perdre.

Le pick-up en freinant brutalement devant la maison m'a renseignée sur une chose : Caryl n'en menait pas large car mon garçon a toujours su comme les retards me mettent en rogne.

Lorsque je l'ai vu descendre du côté passager, entier, si beau et souriant, mon fils aimé et pas fini, mon fils chéri de tous et pas capable d'être un homme, j'ai ravalé mes larmes.

Collée à l'arrière du pick-up, une annonce disait que les garçons voulaient vendre leur véhicule. Il est tout neuf, j'ai dit. «Tout neuf, a consenti Caryl, mais il n'a que deux places.» Mon fils a de ces airs froids, parfois, ce ton sec et ce visage fermé qui vous dissuadent de répliquer quoi que ce soit, encore moins de prétendre à une explication.

Il y a cinq marches à mon perron, il y a quatre filles au docteur March, il y a trois lanciers au Bengale, mais deux places ne suffisent plus à mon fils et son collègue? Caryl a humé l'air à peine il entrait. Sa joie à sentir ma cuisine, je la guettais et je l'ai vue, oui : ses narines dilatées, son torse exagéré comme s'il voulait s'emplir tout entier de l'odeur riche des fumets avant même d'éprouver arômes et textures sur sa langue — sa joie m'a emportée et je lui ai sauté au cou, mes bras en couronne.

«Mon fils! Le temps n'en finissait plus où tu étais parti. Mon fils, je vieillis, ne me laisse pas comme ça dans le néant sans nouvelles.»

«Mom, tu rigoles? Tu es belle, tu es jeune. Qu'est-ce qu'il y a, Mom? Qu'est-ce qui te prend?»

«J'ai peur de tout et de rien. J'ai peur pour toi.»

«Viens, petite maman, que je te serre dans mes bras. Cesse de croire que tout dans cette vie est combat. Repose-toi. Là, contre moi.»

Et tandis que j'étais *là*, bercée sur l'épaule de mon fils qui sent si bon le pain d'épice, je regardais par l'embrasure de la porte ma chienne lécher dévotement les mains du collègue mou et bientôt chauve.

J'ai crié, Caryl a sursauté. Lady m'a regardée de son air sans-y-croire, qui est son air à elle, qui me fait rire d'habitude, mais, ce dimanche-ci, à mon regard noir froncé, elle a compris qu'un caprice humain allait encore une fois perturber le règne animal, elle a reculé d'entre les genoux du collègue, puis elle a quitté le salon en pétant discrètement.

*

Ta maison, disait-il, elle sent si bon les caravanes d'Orient.

Maman, je te promets de vivre heureux et très vieux. Assez vieux pour assister à tes cent ans et te faire danser la valse autrichienne des impératrices comme tu aimes.

*

Comment s'appelait-il déjà, le collègue au crâne rose dégarni ? Ron, Roy, Troy ? J'oublie, je confonds les noms — la faute à l'âge peut-être, ou à l'ennui de sa personne.

. . . .

Troy s'est resservi deux fois de mon homard à la française, il a repris du riz aux noix de cajou, et il avait encore de la place pour la crème caramel, contrairement à mon fils qui, se tenant l'estomac à deux mains, faisait mine de n'en plus pouvoir. Alors, Troy a tendu son bras immense par-dessus la table, la nappe toute blanche du dimanche, il a survolé les verres fragiles, la carafe ancienne, et, sans rien effleurer ni casser, Troy a pincé la joue droite de mon fils et il a dit : « Mange. Fais-le pour ta mère et pour moi. On ne veut pas te voir dépérir. »

J'ai pensé : « Tenez-vous mieux, Troy. » Et aussi : « Oseriez-vous de tels gestes chez vous, vos parents blancs dans les collines hautes d'Atlanta ? »

Mais je ne l'ai pas dit. « Enfin, Troy, vous savez bien que Caryl ne prend jamais de dessert. Vous voulez donc le tuer ? »

Alors, Caryl a paru las. Son dos s'est renversé sur le dos de la chaise et il a dit « Maman, je meurs ». Troy a pris une louche de crème caramel, de l'autre main il a écrasé les mâchoires de mon fils pour le forcer à ouvrir la bouche, il a voulu la forcer, et Caryl recrachait, étouffait, suppliait, alors j'ai saisi la louche d'entre les mains de l'amant riche et je lui ai fracassé le crâne avec.

Accourue avec le bruit, Lady léchait les coulures de crème sucrée et les débris de cerveau — ce cerveau qui avait toujours été mou.

. . . .

«Pourquoi?», ai-je répété, timide, car mon fils s'agace et fuit dès qu'on le presse... «Pourquoi une voiture plus grande? Vous allez prendre un chien?» Il m'a regardée avec tristesse et du dégoût aussi — le dégoût m'a fait tellement mal. «Non, maman. Nous allons adopter un enfant.»

Troy était venu me trouver dans la cuisine, entre deux plats : «Savez-vous, Mrs Jackson, que la thèse de Caryl rencontre un grand succès? Vous l'a-t-il dit? Il est si modeste, parfois. Savez-vous qu'il va être traduit en Europe?» À sa voix si fière, j'avais reconnu le son vrai de l'amour. «Caryl sera un très grand historien, dans le monde entier. J'ai toujours cru en lui.» C'étaient les mots de trop, et j'ai détourné la tête.

Je les ai regardés se préparer au départ, assise sur mon perron. Caryl vérifiait la pression des pneus avec le vieux mano-
mètre de son père. Tout petit, déjà, il faisait ça sur notre
vieille guimbarde dès que nous prenions la route pour quitter la ville vers le lac Pontchartrain ou le delta. Après les
pneus, il vérifiait les niveaux, l'huile, le liquide de freins et
celui du refroidissement.

C'est mon fils. Il monte dans le pick-up, je préférerais
savoir que c'est lui qui conduit mais non, c'est l'autre, le
Machinchose de l'aristocratie de Géorgie, c'est lui qui prend
le volant avec ses deux bras gauches et son unique hémi-
sphère, et j'ai peur — j'ai si peur, je me retiens de courir
après la voiture. Seigneur, soutenez-moi! Je ne dis pas qu'il
est totalement stupide, Troy, je crois que mon fils aurait pu
trouver mieux, à tous points de vue, intellectuel et physique.
Une créature moins voyante que cet escogriffe roux à peau
laiteuse rose, comme si les nourrices du château l'avaient
trempé à la naissance dans une bassine de milk-shake à la
fraise.

Il y a cinq marches à mon perron
Le docteur March a quatre filles
Il y a trois lanciers au Bengale
Le facteur n'a droit qu'à deux fois

L'échine dressée, Lady aboie un coup, juste un coup rau-
que, et bondit à l'arrière du pick-up. Elle sait bien, la
chienne, que c'est lui, mon fils, lui qui l'a choisie dans la
vitrine et l'a menée ici. Elle tenait dans mes deux paumes,
toute chaude et toute soyeuse, sa truffe et ses yeux si noirs
comme les spots sur un domino.

Si jamais je mourais plus tôt que prévu, je n'aurais souci

de rien : cette chienne exprime à qui veut bien l'entendre que son vrai maître est Caryl et tous deux poursuivront bien ensemble leur vie sans moi.

C'était un beau dimanche. Mon repas était bon, je crois. Je m'en fous, d'ailleurs. Bon ou pas, qu'est-ce que ça change à l'indifférence d'un enfant devenu grand et qui n'a plus besoin de toi pour se nourrir et survivre?

C'est par devoir, ma pauvre fille, que ton fils fait tous ces kilomètres, sept cents précisément, sept cents kilomètres d'Atlanta à ton quartier de Gentilly, dans un ennui interminable. Son anniversaire. Ton anniversaire. Thanksgiving ensuite. Noël enfin. Noël, fin des corvées.

Zola Jackson, tu fus une bonne mère, peut-être. Maintenant, tu es pour sûr une vieille enquiquineuse et un héritage embarrassant.

Tu es si noire, Zola Louisiane Jackson, et ton fils café au lait, ton fils mulâtre aux merveilleux yeux verts a ces traits fins qui répondent aux canons de la beauté blanche suprême — si noire, vieux pruneau sec, bien sûr que ton fils a honte de toi! Bien sûr il te fuit! Tu n'iras jamais dans les hauteurs vertes et fraîches de Buckhead; les grandes demeures du vieil Atlanta? Et pourquoi pas le bal annuel du gouverneur! Ne rêve pas, ma fille : jamais tu n'y entreras, sauf à ramper sous la porte de service. Tu n'es qu'un boulet de charbon.

Caryl avait toujours au cou la chaîne et la croix en or de ses quinze ans — son viatique lorsqu'il s'en fut de chez nous pour rejoindre la grande école, le Nord civilisé, policé, tempéré. Mais à la chaîne on avait ajouté un second bijou. Un rectangle d'or frottait la croix dans un cliquètement qui m'épuisait les nerfs.

«C'est un cadeau de Troy», m'a dit mon fils.

On voit cette joncaille au cou des gangsters du quartier. Pas au cou des fils bien. Il en avait l'air si fier.

«On appelle ça des *dog tags*, Mom.»

«Ah... Jamais vu ça au cou d'un chien. Je dirais tout simplement que ça ressemble à des plaques militaires et qu'il est assez honteux, quand on ne va pas à la guerre, de tourner en mascarade le calvaire des vrais soldats.»

«Hé! Mom, doucement! Ça ne prétend à rien d'héroïque : c'est juste une plaque médicale. Troy y tenait. Par précaution.»

«Je vois. Alors, c'est bien. Tout va bien. Troy prend bien soin de toi, lui. Tu le laisses prendre soin de toi. C'est parfait ainsi.»

J'ai vu dans les yeux verts liquides de mon fils combien je lui faisais du mal, mais c'était plus fort que moi et mon fils me pardonnerait, n'est-ce pas? N'est-ce pas qu'il m'a pardonnée? Dites un peu, pour voir. Faites un effort.

. . . .

Dimanche 28 août 2005

Lady était trop nerveuse, qui tournait dans le jardin, encagée, gémissante; jamais je ne l'avais vue si incohérente. Cherchant du regard anxieux les azimuts perdus. Des vents contraires portaient à sa truffe pointée au ciel trop d'informations pour son cerveau de chienne plus toute jeune.

Le neveu de miss Anita tambourinait à la porte. J'ai

d'abord ouvert la moustiquaire. « Mrs Jackson, il faut y aller maintenant. Il faut tout fermer et partir ce soir. C'est ce que j'ai entendu à la radio. Bientôt il n'y aura plus d'électricité et quand la tempête arrivera, que deviendrez-vous ? »

« J'ai survécu à l'ouragan Betsy. Mon fils était encore au sein, déjà malade, et là, oui, j'ai eu peur. On a survécu tous les deux, tout seuls dans notre gourbi. Mon fils pourvoira à mon salut. Je l'attends. Le temps de faire demi-tour sur l'autoroute d'Atlanta, il sera là. »

Il m'a regardée de ses yeux en boules de billard, il a rougi, sournois. « Votre fils, Mrs Jackson ?... »

« Tu m'ennuies, file donc, je vois ta tante s'impatienter dans la voiture et me lancer des regards comme des revolvers derrière le pare-brise. »

Il est gentil, le neveu, sous ses airs de gros dur. Il est descendu de Dallas pour chercher la vieille. Il a fait ce qu'il fallait, il a barricadé les fenêtres et les portes tandis que miss Anita, paniquée, la perruque de travers, faisait son baluchon et bouclait dans le vanity-case tous les bijoux criards qu'une légion d'amants sans valeur lui avaient offerts.

Il insistait, le gosse.

« Venez avec nous, Mrs Zola. »

Et moi : « Mon fils sera là d'une minute à l'autre. Il vient me chercher et j'irai dans sa belle demeure d'Atlanta. »

Le gosse, sourcils froncés : « Votre fils ? Mais... Mrs Zola, votre fils serait bien en peine de... »

« Maintenant laisse-moi, MJ, sois gentil. J'ai du rangement à faire, des sandwichs au thon à préparer pour la route, la glacière à remplir. Tout ça, quoi. Embrasse bien Anita pour moi. »

Je n'en pensais pas un mot : embrasser Anita ? Ça non. Cette vieille fille qui se prétend vierge mais que d'autres ont connue jadis, en son bel âge, danseuse nue dans un lupanar du Quartier français ? Anita, qui déteste les enfants, les chiens et les fleurs ?... Ça jamais. La seule vue de sa peau vérolée me lève le cœur.

Le garçon descendait le perron tête basse, le pas hésitant, puis il s'est retourné, alors j'ai saisi le téléphone (le réseau avait sauté deux heures plus tôt mais MJ semblait l'ignorer) et j'ai fait semblant de parler avec force gestes, un large sourire aux lèvres. Il y a cru.

Miss Anita avait ouvert la vitre de sa portière et s'éventait d'une palme, en nage sous la perruque blonde et la veste d'opossum qu'elle n'avait pas voulu laisser dans l'armoire, par peur des voleurs.

M'en aller où ? Elle est bien bonne, celle-là. Qui voudra de moi, sans le sou, et surtout qui voudra de nous ? Personne n'acceptera ma chienne, ni les hôtels ni les refuges. «Les clébards, c'est l'esclavage», clamait Aaron — lui, si mesuré d'habitude — dès que je parlais de prendre un chien. Le quartier devient dangereux, objectais-je du bout des dents, un chien garderait la maison. Aaron, alors, de se taper les cuisses : «Les molosses qui gardent les maisons, on les connaît et je peux t'assurer, Zola Jackson, que ce n'est pas *ce genre de chien* que tu recherches.»

Elle voulait tellement fuir, miss Anita, fuir comme une colique. Ville abominée, disait-elle, notre souricière. Elle espérait en secret que son neveu devenu riche avec ses chansons louerait pour elle un appartement à Houston, à Bâton-Rouge ou à Dallas.

Mais on ne quitte pas La Nouvelle-Orléans. On y naît, on y crève. C'est comme ça.

. . . .

Je crois que c'est au même moment que Caryl a appelé.
«Mom, je viens d'entendre la météo régionale et ce n'est pas
fameux. Le Centre des ouragans dit que celui-ci va frapper fort.
Ferme bien tout, tes fenêtres et tes portes. N'oublie pas le sou-
pirail. La porte vitrée, cloue-la aux murs avec des planches.
Cherche les bougies et le pétrole pour les lampes. Garde la
radio branchée, la télé allumée. Écoute bien les alertes. Sur-
tout, emplis bien la baignoire et tous les récipients où tu pour-
ras stocker de l'eau potable. Et je t'en supplie, décroche le télé-
phone si tu l'entends sonner. Mom? Peux-tu éteindre ce foutu
répondeur et me parler?»

. . . .

Mon grand, mon tout petit à moi, on a survécu à Betsy,
pas vrai? Tu n'avais pas un an. Et pour comble de tout, tu
avais une méchante fièvre. Allez, ne t'inquiète pas, mon fils.
Les crues, les ouragans, c'est notre lot à nous comme à d'autres
la sécheresse, le désert qui avance.

Le répondeur?... Il n'a plus servi depuis dix ans au moins.
Dix années déjà. Je l'ai débranché et remisé au garage le jour
où tu es parti. Qui m'aurait appelée? Qui donc allait me faire
signe? C'était un si beau cadeau, un répondeur qui faisait aussi
télécopieur pour s'envoyer des mots, de vraies lettres parfois
sauf qu'elles n'arrivaient pas par le facteur (toujours à traîner,
celui-là, à s'arrêter prendre le café chez l'une, la bière chez
l'autre, quand ce n'était pas fumer un joint chez un troisième), des lettres comme des fusées arrivées tout de suite, à
peine glissées dans le rouleau de la machine que déjà reçues,
sans frustration ni attente.

Caryl avait dû y laisser la moitié de sa paie. Je savais bien pourquoi il m'offrait cette machine trop grosse et compliquée : c'était son inquiétude de me savoir seule et loin de lui. Je lui ai légué ça, mon inquiétude.

Ma nièce Nina prétend que je devrais acheter un cellulaire, rien que pour être en liaison avec elle. Mais Nina débarque sans prévenir, comme mes petits diables, d'ailleurs — et j'aime ça, j'aime quand ils me font la surprise.

Qu'est-ce qui s'est passé ? Qu'est-ce qui s'est passé ? Cette sorcellerie qui dit que tu n'es plus là, il faudrait l'accepter ?

Août 1994

C'était encore l'été. Un 15 août, mon jour anniversaire. Cette année-là, j'avais... j'avais combien déjà ? cinquante-deux ? cinquante-trois ans ? Les colibris aux fenêtres suçaient le nectar des fleurs exubérantes. Les colibris sont si petits et fébriles, ils ressemblent à cet oiseau malade qui bat des ailes dans ma poitrine, qui meurt d'être déjà mort, suçant mon sang mauvais.

J'ignorais que je ne le reverrais jamais debout.

La voix de Caryl s'évanouissait au loin, happée par la brume de chaleur...

«On se reverra à Thanksgiving, n'est-ce pas ? »

... Je dois me sauver, Mom, je dois me sauver. — Encore ? Encore tu me fuis ?...

«C'est très bientôt, Mom, juste trois mois et je reviens. Enfin, je voulais te dire un truc, un truc qui commence à m'insupporter. Arrête de présenter Troy à tes voisins comme mon collègue. Je ne travaille pas avec lui, tu le sais très bien. »

«Message reçu. J'y veillerai. J'aurai le temps d'y penser et de répéter. D'ici trois mois, ça me sera entré dans le crâne, t'inquiète.

«Je t'embrasse, Mom.»

«C'est ça. Disons comme ça.»

L'épaisse brume devint un mur de parpaings blancs. Et sur ce mur aveuglant, deux dates peintes en rouge : 1965-1995.

Quand j'ai rouvert les yeux, c'était déjà le soir. Du ciel livide, tout soleil effacé. La lumière avait cette matité lugubre que l'on connaît bien chez nous et j'ai compris que ça n'allait pas trop.

J'avais la langue pâteuse de trop de bière, de bourbon et de somnifères, les joues humides, les yeux chassieux. Comme si j'avais pleuré dans mon sommeil.

Sur l'oreiller voisin, la chienne roulée en boule gémit et frissonne, les yeux révulsés sous la paupière rouge ourlée de noir. Elle aussi doit faire un rêve. Un rêve mauvais, un rêve cruel, comme celui qui pendant quelques minutes ou quelques heures a fait revivre Caryl sous mes paupières noyées — et il faut en passer par ce temps suspendu, cette hésitation sur l'heure et le jour, la mémoire et l'espoir, cet insidieux et lent retour du réel, qui en moins d'une seconde fera chavirer le jour nouveau en nouvel enfer, fera succéder aux larmes de joie un torrent de douleur.

Car il est mort. Caryl est mort. Il sourit sur la table de chevet, mais en fait il est mort. Il est si beau. Il sourit en se retenant d'éclater de rire. C'était le jour anniversaire de ses vingt ans. Non, de ses dix-huit ans. Non, c'était le jour de son diplôme et des acclamations. Major de sa promotion et l'air d'un gosse espiègle, si tendre. «Je remercie ma mom, Zola Louisiane Jackson, sans qui je ne serais pas là... à tous points de vue.» Rires des professeurs sur l'estrade, sifflets enjoués des étudiants sur la pelouse. «Et je compatis pour mes semblables, je dis ma fraternelle solidarité à tous les fils d'institutrices, de par ce pays et de par le monde, tous élevés pour devenir des prix Nobel, pas moins.» Cris de liesse sur la pelouse.

Une main en cornet devant la bouche, je faisais mine de cacher mon émotion mais la seule chose que j'essayais de masquer en vrai c'était ma fierté. Je ne ressentais que cela : la fierté débordante qui me cuisait les joues et le front. Les voisines (les Blanches, surtout), elles disaient : «Vous êtes dure, Zola, vraiment dure avec votre fils. Vous ne lui passez rien, vous ne lui laissez pas le droit à l'erreur, vous ne le laissez pas jouer dehors ni vadrouiller ni même s'ennuyer.» Et moi, lugubre : «Pourquoi mon fils perdrait-il son temps? Il n'y a pas de temps à perdre. On n'a le droit qu'à un tour. Un tour, et c'est fini.»

Les voisines m'avaient dévisagée avec effroi.

Comme elles insistaient, revenant semaine après semaine, de plus en plus aigres, sur cette intransigeance mienne dont le résultat tangible était que mon fils réussissait mieux qu'aucun de leurs fils, et comme il ne pouvait s'agir que d'une anomalie puisque aucune d'elles ne concevait que mon fils pût tout simplement être plus intelligent et travailleur que le leur, la seule résolution pacifique de ce scandale consistait à faire de moi une marâtre, une bourrelle sans cœur dressant son fils au fouet, et j'avais dû trouver des variantes à mes imprécations qui les renforceraient dans cette idée que j'étais une mauvaise mère — histoire d'avoir la paix dans ce quartier petit, tout petit-bourgeois.

Un jour de printemps, il faisait si beau et la glycine précoce sentait si bon, je me suis entendue prononcer ces mots spontanés : «Il n'y a pas de seconde chance dans la vie. La seule seconde chance qu'on a, c'est de répéter ses erreurs. Et *nous*, nous n'avons pas le droit à l'erreur.» Les voisines blanches baissaient le museau dans leur citronnade, les voisines noires défrisées refrisaient de gêne. C'était une façon de dire à toutes : Je ne veux plus vous voir sous mon porche, sous ma glycine. Allez médire ailleurs. Et le message est passé, cette fois.

Je n'avais rien d'autre que mes robes chasubles, des robes en jersey minable qui passaient à la machine, six robes en tout, une robe par jour — pour le dimanche et les jours de fête, il y avait la robe blanche brodée, raccourcie au genou, du mariage de Grandma Louise.

J'étais si décente à côté des minijupes et des shorts des autres. Pourtant, c'est elles qui allaient à confesse puis, absoutes, communiaient en toute innocence. Pas moi. Ma faute à moi était visible. Ma faute à moi avait pris chair, manifeste, dans ce corps d'enfant que je ne pouvais renier comme les hommes privilégiés le peuvent — et ma faute allait devenir un destin.

Pas de seconde chance? Aujourd'hui que Caryl a été retranché du monde, aboli de la chair de sa mère comme de tout avenir, on dirait qu'il n'a pas même connu sa première chance.

Le lit tanguait et lorsque je me suis hissée sur mes jambes, je les ai senties flageoler sous moi. J'ai vu les cannettes dans le décor et j'ai compris. Il y a des jours comme ça où je m'ivrogne. Ce n'est pas tous les jours, merci Seigneur, mais les jours où je le fais, je le fais à fond et le lendemain j'ai peur. Je me dis qu'un jour viendra, moins clément que les autres, où l'on me retrouvera morte dans mon lit, étouffée par mon vomi, avec la chienne qui hurlera.

Je n'ai pas toujours été seule comme ça.

Je n'ai pas toujours bu comme ça.

Jamais, au grand jamais, je n'aurais imaginé de perdre une journée au lit.

Longtemps j'ai eu mon homme à côté de moi, le meilleur époux qui fût et un père inespéré pour mon fils.

Longtemps mais pas assez, j'ai eu un fils.

J'ai empli d'eau la baignoire, comme ordonnait Caryl dans le rêve, j'ai empli les trois éviers de la maison et tous les contenants possibles. J'ai mis presque une heure à retrouver le manuel d'urgence envoyé l'an dernier par les services municipaux qui dit à peu près quoi faire en cas d'ouragan, et ce quoi faire tient en deux mots : Tirez-vous!

La belle jambe que ça me fait. Rien que je ne sache déjà depuis toujours. Sans doute les gens motorisés peuvent-ils partir. Peut-être que les gens qui ont une voiture et de la famille dans un autre comté très au nord, ces gens-là savent où fuir. Peut-être enfin que les gens riches ont appelé leur compagnie de taxi et filé vers Armstrong, d'où ils ont pris le premier vol pour n'importe où.

Je n'ai jamais pris l'avion, moi. Mais je me rappelle comme le cœur me poignait lorsque nous avons conduit, Aaron et moi, notre fils à Armstrong pour la première fois. On avait mis une petite fortune de côté pour le billet, pour de nouveaux habits, pour une valise digne de ce nom. Je me souviens que je pleurais en le voyant passer le portique, et je pleurais encore dans le hall panoramique, et je courais le long des baies vitrées car l'avion de mon fils, ce ventre si énorme pour mon tout petit garçon, l'avion après avoir roulé d'interminables minutes se présentait face à la piste de décollage et alors... alors Aaron m'a rattrapée et serrée dans ses bras et il a dit : «Je suis heureux pour lui. Sois heureuse avec moi. »

C'était notre champion, notre unique gloire, et il partait, reçu premier au concours académique. Il avait quinze ans. «*Un génie à Gentilly,* écrivait le *Times-Picayune* dans un entrefilet en dernière page. *La plus grande université du pays le recrute et lui offre une bourse.*» Aaron frappait le journal du revers de la main : «Sais-tu, Zola Jackson, sais-tu que la dernière page d'un journal est toujours la plus lue ? »

Et quelques minutes après, sa perruque platine en bataille, miss Anita frappait à la porte, brandissant le même journal avec un large sourire. Aaron l'a invitée à entrer et à fêter ça autour d'un bon cocktail. Miss Anita s'assied toute chétive dans le gros fauteuil qui est celui d'Aaron et, sirotant son Hurricane à la paille, elle ouvre le journal à la page deux pour nous montrer qu'elle est entièrement consacrée au fils d'un riche armurier blanc vainqueur d'un concours paroissial de ski nautique. Le garçon au sourire éclatant de bêtise avait donné le montant de ses gains aux œuvres de charité, concluait l'article.

J'ai cru que j'allais l'étrangler, cette morue d'Anita, que j'allais lui faire bouffer le foin de sa perruque de misère. Il y a des jours où l'on ne veut pas la vérité — pas l'entière vérité. Où l'on veut juste jouir de ce qu'on a, sa récompense à soi, son émotion à soi. Si modestes soient-elles, ce sont bien les nôtres.

(L'armurier blanc n'a pas moins de vingt magasins en ville. Lorsque la police fut noyée et que commencèrent les pillages, ce sont les armureries de cet homme qui furent visées les premières. Grâce à lui, en moins d'une nuit, dix mille armes à feu entraient en circulation dans les rues — et dans les mains de qui l'on devine.)

C'est en voulant allumer la télé que j'ai compris : l'ouragan ne devait plus être bien loin. Après le téléphone, l'électricité avait sauté elle aussi. Lorsque les champs magnétiques se déréglent tous, c'est que l'ouragan est aux portes de la ville. Le silence était si écrasant. Ce quartier qui bruit du matin au soir et du soir au matin, ce quartier plein de furie et de clameurs qui ne vous accorde aucune minute de répit, pas un jour de l'année, voici que sous son linceul de silence il se mettait à faire vraiment peur.

Les oiseaux même s'étaient tus.

Je voulais des voix, des musiques, des klaxons, des disputes. Je voulais au moins des nouvelles de l'exode, de ces foules à pied ou en voiture qui espéraient fuir la calamité : je voulais savoir si j'avais raison ou tort de ne pas abandonner ma maison. On aime savoir ce genre de choses, se féliciter ou s'accabler de ses choix. Et aussi — car je n'ai pas toujours bon fond, je peux être cruelle —, je me serais peut-être réjouie de les savoir immobilisés sur les ponts ou bouclés dans les stades couverts tandis que la chaleur, la moiteur et la nuit grandissaient.

J'ai retrouvé dans un tiroir la petite radio d'Aaron. Elle a crachoté quelques secondes, puis une voix grave de chanteuse s'est distordue comme si le vinyle du disque fondait sur la platine — et plus rien. J'ai retourné le tiroir, tous les autres tiroirs de la cuisine, sans trouver aucune pile. Alors je me suis assise sur le tabouret, bras ballants, et j'ai senti que j'allais pleurer, peut-être. Lady me léchait les mains et à petits coups de museau forçait mes doigts à la caresser. C'était l'heure de son repas.

J'ai vidé le congélateur, comme la voix sage et grave de mon fils me le disait. La moitié des barquettes et des sachets était périmée depuis des années. Sur le vieux réchaud à gaz, j'ai cuit la viande encore valable, j'ai frit les poissons panés et comme je ne savais pas quoi faire des hamburgers et des pâtisseries, je les ai jetés. Alors je me suis rassise et au lieu de pleurer j'ai ouvert une Miller. C'était aussi une forme de sauvetage des denrées : dans quelques heures, les bières tiédies seraient devenues imbuvables.

Cela fera bientôt onze années que la question me taraude : quelle force abrutie nous fait-elle accomplir les gestes du quotidien au sein même du plus profond désespoir, alors qu'on a perdu foi en tout et d'abord en son lendemain ? Qu'est-ce qui fait que *les choses...*, le monde matériel a pris le pouvoir sur mon esprit et sur l'occupation de mon temps — pour ce peu de jours qui me restent ? Et qu'est-ce qui fait, étrange paradoxe, que je n'ai plus envie de me battre contre les éléments comme je l'ai fait toute ma vie, l'ayant vu faire depuis ma naissance ? Que je me fous de savoir que la maison s'écroule et écrase sous elle toutes ces choses, ces possessions envahissantes, ces objets surnuméraires et si vains qu'une simple panne d'électricité les rend idiots ?

Mon regard a croisé au sol le corps familier de la chienne. Ventre énorme des hamburgers volés dans la poubelle, elle roupillait sur son plaid indien, si paisible et abandonnée à la plénitude du sommeil, rêvant peut-être, qui sait ? d'une nouvelle vie entièrement refondée, sans pollution sonore, ni télé ni radio, avec distributeur automatique de cheese-burgers.

J'aurais dû continuer sur ma lancée, vider le frigidaire et cuire le peu qui s'y trouvait. Ce ne serait pas bien long — il y a si peu à manger dans ta cuisine, pauvre Zola. Le vent soufflait par courtes rafales sans parvenir à m'inquiéter. Encore une fausse alerte — et je chantonnais en enlevant mon tablier de cuisine. J'ai pris une Miller dans le compartiment glaçons en me disant que ce serait la dernière avant longtemps ; j'ai remis du pétrole dans la lampe-tempête, j'ai réveillé Lady et toutes deux nous sommes montées dans la chambre. Il était minuit lorsque j'ai soufflé la flamme.

La naissance des vents

Il était deux heures quand le boucan m'a réveillée.

D'abord j'ai cru que mon réveil avait sonné pour me tirer du lit — C'est lundi, me suis-je dit, lève-toi, Zola, et vite, tu as classe dans une heure — mais non, il faisait nuit noire, la lampe de chevet refusait de s'allumer et je me suis souvenue alors. Les griffes de Lady crépitaient sur le plancher et je l'entendais gémir. Le bruit d'une bourrasque a tout recouvert.

D'abord on ne discerne que le vent lointain, ses mugissements, ses râles, ses rages, puis ce sont les vitres qui cassent en chaîne dans des progressions cristallines, ce sont les fenêtres et la verrière du préau de l'école, puis les vitraux de l'église finissent par céder et la cabine téléphonique du carrefour est soufflée la seconde suivante. (Personne, je dis bien personne ne s'attendait à voir s'envoler le dôme de verre du stade géant dont la ville est si fière et qui était censé résister aux attaques terroristes : hélas, la tempête n'en a fait qu'une bouchée ; on dit que lorsque le dôme de verre explosa, ce fut comme un feu d'artifice qui retomba par les rues et les avenues en une épaisse grêle fracassante et miroitante.)

Ensuite il y a le métal, les tôles arrachées aux toits des fabriques et des garages, les voitures soulevées et roulées sur la chaussée tels des fétus de paille sur le sable arizonien, les bagnoles et les bus et les camions propulsés les uns contre les autres dans un ballet de mort et de saccage comme en inventent parfois les enfants pour jouir secrètement.

Enfin, l'instant redouté approche : c'est un bruit terrible, de mitraille, de hachis furieux. Les poteaux de la rue font de belles brindilles, les toits des maisons d'abscons mikados. Et tu te dis : Mon tour est-il arrivé ? Est-ce que c'est pour moi cette fois ? Est-ce que c'est ma maison ? Est-ce que c'est moi dans ma maison ?

Au pire du vacarme, je suis allée rejoindre la chienne sous l'escalier. Elle était brûlante, les yeux écarquillés d'effroi et me suppliant de faire quelque chose. Serrée contre moi, elle a enfoui sa tête dans mon cou, exactement comme un nourrisson. Quand le souffle est passé sur nous, il s'est fait un tel déchirement dans l'air, une telle déflagration qu'on aurait dit cent orages, mille tonnerres et pas un éclair, rien que le noir, oui, et je m'attendais, rouvrant les yeux, à voir la maison déchiquetée, l'escalier arraché, le toit envolé — et nous deux peut-être plus vraiment en vie, qui sait ?, dans la nuit noire.

1965

On n'a pas toujours habité ici, cette maison, ce quartier coquet — défraîchi aujourd'hui, mais portant encore, malgré ses rues défoncées d'ornières, en dépit des façades écaillées, les restes d'une sorte d'aisance modeste. Lorsque Caryl est né et jusqu'à ses quatre ans, je logeais dans deux pièces insalubres d'une barre de la cité Lafitte, dans le pire district, un immeuble de brique rouge rongé par l'humidité et par la pauvreté aussi, car la pauvreté imprime les murs, la pauvreté infiltre les murs, la pauvreté entraîne dans sa ruine la brique avec elle, elle mine et ronge jusqu'à la charpente même. Caryl était un bébé fragile, comme on dit, c'est-à-dire qu'il était malade neuf jours sur dix et faisait des poussées de fièvre terrifiantes. L'air était si mauvais dans les immeubles, si corrompu. Le salpêtre, la peinture au plomb, tous les miasmes en suspension attaquaient les poumons des petits et accéléraient le départ des vieux *ad patres*.

Le jour où l'ouragan a ravagé la ville, Caryl avait... je ne sais plus... la coqueluche?... les oreillons?... une bronchite encore? Il était monté à plus de quarante et un de fièvre. Mon bébé dans les bras, à tâtons dans le noir et en comptant les marches de chaque étage pour ne pas en rater une, je crois bien que j'ai frappé à deux cents portes en mendiant de l'eau potable et des médicaments. Mais les portes restaient closes et muettes telles des portes de cellules. La plupart des habitants avaient fui par les rues où ils seraient noyés, d'autres peut-être étaient trop effrayés pour ouvrir à cette femme folle qui suppliait dans le noir, un bébé hurlant dans les bras. Une porte enfin s'est ouverte. C'était un monsieur aimable (c'est vraiment le mot qui m'est venu en tête, un «monsieur»), si grand que je devais basculer la tête en arrière pour trouver son regard. J'aurais pu avoir peur. Visiblement il vivait seul dans ce petit appartement que les lampes-tempête accrochées par dizaines aux murs faisaient ressembler à une caverne, inquiétante, peut-être, avec ses ombres dansantes, mais je ne pensais qu'à l'aubaine d'avoir trouvé quelqu'un.

«Vous êtes drôlement prévoyant», ai-je dit en m'asseyant, hésitante, dans un fauteuil de rotin tandis qu'il fouillait la boîte en fer-blanc peinte d'une grosse croix rouge.

Lui, très sérieusement : «J'ai peur du noir.» J'ai ri si fort, secouée de tout mon long, que Caryl, surpris, s'est arrêté de pleurer.

«Vous avez le biberon?», a-t-il demandé en écrasant le cachet d'aspirine avec une petite cuiller. N'étais-je pas la mère la plus indigne et surtout la plus incompétente de la Création? À voir la honte me cuire les joues, il a enfin souri. Souriant, il paraissait beaucoup plus jeune. Plus proche aussi.

Caryl a accepté l'aspirine dans la cuiller d'eau sucrée. Les yeux de l'homme aimantaient toute son attention, ses yeux et ses doigts aussi : des doigts si longs et si épais qu'on se demandait d'où leur venait tant de délicatesse et de dextérité à faire boire un nourrisson, une cuillerée après l'autre, sans verser une goutte d'eau ni rater sa bouche.

«Oh! On voit là l'homme d'expérience. Combien en avez-vous?»

«Détrompez-vous. Je n'ai pas d'enfant. Mais j'ai eu six frères et sœurs, tous mes cadets. Ça laisse des souvenirs.»

Dehors, le clocher de l'église carillonnait à tout rompre.

. . . .

La nuit, sans électricité et dans le vacarme, ce n'est pas seulement qu'on a peur, c'est qu'on n'est plus rien. Lady a peur du vent mauvais, comme les gosses, et comme les gosses, comme les grands hommes, elle a peut-être aussi peur du noir. Ils ne comprennent pas, les enfants d'aujourd'hui : c'est comme une infirmité, la privation d'électricité. Un châtiment pour eux. Et même moi, qui ai grandi dans les pannes d'électricité infinies — on pouvait cocher sur le calendrier de la cuisine les jours de l'année où l'on avait du jus —, même moi j'ai du mal à retrouver les gestes précautionneux qu'il faut pour mettre en service les lampes à pétrole et fixer les chandelles. Aaron faisait ça si bien. Une prise de feu est bien la dernière chose dont on ait besoin sous la bourrasque.

Au petit matin (on ne peut pas parler d'aurore, non), les vents fléchirent un peu, le bruit de casse s'étouffa un peu, et l'onde est arrivée pour finir, à laquelle on aurait cru pouvoir échapper. C'était comme un théâtre, une représentation où il faut une pause entre deux tableaux, deux actes : un silence, puis le mouvement reprend, la tragédie veut son terme et la terreur revient sous une autre forme. Une pluie horizontale giflait les façades et courbait les arbres telles des anémones de mer. Alors j'ai vu deux maisons céder au carrefour, l'immeuble d'angle de l'épicier et les grandes vitrines de la laverie automatique.

Ce que le vent avait entamé, la pluie l'achèverait. C'est une loi du ciel, une loi des ciels du Sud. Sur le toit terrasse de la laverie, une femme en chemise de nuit hurlait des imprécations que le martèlement de la pluie sur le zinc rendait inaudibles au dixième ciel comme au neuvième cercle de l'enfer.

Je la connais bien. C'est Hannelore, la maman de deux de mes anciens élèves. Une riche héritière allemande, dit-on, que sa famille avait chassée pour avoir épousé en cachette un Indien — un vrai Indien d'Asie. Leurs jumeaux étaient si beaux qu'un publicitaire, les croisant dans les allées du City Park, avait voulu les engager comme modèles. *Eux aussi avaient les yeux clairs*, mais bleus, d'un bleu intense, magnétique, deux saphirs enchâssés sur leur peau safranée entre deux traits d'épais et longs cils noirs. Un jour, le père avait disparu avec leurs deux garçons et les économies de la banque. Le père avait dépouillé la mère de ses fils, de son argent, de sa raison. Ne lui laissant que le laundromat, dix machines à laver et deux séchoirs à linge. La police enquêta ou fit semblant. Ils supposaient que le père et les garçons se trouvaient non pas en Inde, mais au Pakistan. Plus tard, un voisin parti en vacances en Angleterre revint en jurant qu'il avait vu les jumeaux à Londres. Ils montaient dans l'autobus à l'instant où lui-même en descendait. Il avait bien essayé de courir après le bus, c'était en vain. Les garçons avaient grandi, bien sûr, et leur visage changé, mais à la couleur de leurs yeux on ne pouvait se tromper. Hannelore a refusé d'y croire : « Si mes garçons étaient libres de circuler, ils me reviendraient. Ils écriraient, ils téléphoneraient au moins. La vérité, c'est qu'ils sont séquestrés quelque part. »

Il fallait bien occuper le temps, même à des choses sans intérêt. J'ai repris ma mission de conservation et vidé enfin ce frigo bien trop gros pour ce qui lui était confié : quelques tomates et zucchinis, deux blancs de poulet, deux épis de maïs, deux escalopes de thon. (Oui, je continue d'acheter pour deux, je ne sais pas si je le veux vraiment ou si c'est qu'il n'y a rien à l'unité dans les rayons. Avec le temps qui passe et le malheur qui vainc, on comprend que peu de nos actions sont délibérées et encore moins de choses choisies dans nos vies. On apprend à vivre avec ça aussi, dans cette humiliation d'être joué. « Tu es trop fière, disait ma mère. Le Seigneur préfère les nuques souples et les verbes moins hautains. »)

Au moment d'allumer le réchaud, la surprise fut mauvaise : les allumettes étaient pour la plupart foutues. Il fallait en casser vingt pour que l'une d'elles produise une molle étincelle. Et il en fallait encore vingt autres afin que l'étincelle se fasse flamme et que la flamme dure assez pour entrer en contact avec le gaz.

Les épis de maïs avaient moisi dans leur barquette. Ils dataient d'avant les vacances scolaires. Les petits diables abandonnent, me suis-je dit, peut-être qu'ils ne reviendront

plus. Peut-être es-tu trop vieille, Zola, avec tes tables de multiplication et ton orthographe pointilleuse. Le maïs était
pour eux, pour leur goûter avant l'étude du soir. Avec du
pop-corn et de la confiture de lait, les leçons passent mieux.

J'ai pris le tabouret et, comme j'avais vu faire ma mère si
souvent — sauf que ma mère, prudente, préférait monter sur
son escabeau —, j'ai posé mes conserves en hauteur sur le
buffet, les étagères et le frigidaire. Quand il n'y eut plus de
place au sommet des meubles, j'ai trié le plus périssable et je
l'ai laissé sur la table. En priant que l'eau n'atteigne jamais ce
niveau.

Les digues tiendront, les digues contre le fleuve et celles
contre le lac. Tout tiendra, cette fois, on nous l'a promis...
«Les meilleurs ingénieurs du pays mobilisés»... «Le meilleur
béton de la planète»... «Une résistance à toute épreuve, à
l'épreuve même des terroristes»... Cesse de trembler, Lady!
C'est un ordre! À la fin tu me fais peur. J'ai l'impression de
palper ta peur quand je te caresse.

Mais voici qu'elle frissonne de plus belle. Comme si crier
sur un chien pouvait l'apaiser. Elle tremble et elle rampe, elle
glisse sa tête brûlante dans mon cou, et je l'étreins, je la
berce, l'urgence n'est plus que celle-ci : lui épargner l'angoisse, et je retiens mes larmes. J'étreins le velours, *Pardon,
ma douce*, j'étreins une forme de l'amour, j'étreins la peluche
que je n'ai jamais eue.

J'avais une poupée, enfin c'est un grand mot, un doudou,
plutôt, fabriqué par Grandma Louise du temps où elle était
encore en vie et capable de coudre de ses doigts gourds et
gercés. J'emmenais Princess à l'école élémentaire où personne
ne trouvait rien à redire — sauf que ma poupée était pauvre
et sale, ses coutures déchirées.

Un soir que je rentrais du catéchisme — et je devais pour ça traverser une petite enclave riche du sud de la ville, passer devant le lycée Fort-Toulouse —, des gars du lycée m'ont encerclée et chahutée : ils étaient immenses, ils portaient leur costume de bowling jaune et rouge, leurs faces étaient tellement méchantes, ils crachaient à mes pieds de leurs bouches blanches, écumantes et mauvaises, ils ont dit *Petite négresse arriérée joue à la poupée, Petite négresse a les seins qui pointent, Petite négresse allaitera bientôt du vrai négrillon !* Enfin le chef m'a craché au visage et, si fort que je l'aie serrée sur mon cœur, je n'ai pas su protéger Princess : ils me l'ont prise et lui ont arraché la tête pour l'envoyer promener sur un toit de verre si haut que je ne pourrais jamais y grimper.

Dans les buissons puant la bière et la pisse, j'ai retrouvé Princess décapitée. Par la plaie de son cou tranché, aucun sang ne coulait mais le son dépassait, rugueux, qui piquait la paume des mains. J'ai essayé d'aimer Princess ainsi, dans son état de reine victime. J'ai essayé une semaine, deux semaines. Puis je l'ai jetée un matin dans une poubelle, une poubelle au hasard dans la rue, avec un sentiment d'ingratitude qui m'effraya et me mit au désespoir de mon inhumanité.

Le lycée Fort-Toulouse a fermé pour devenir une école pilote tous milieux et toutes couleurs. J'étais jeune fille, puis jeune maman, qu'il m'arrivait de passer devant l'école et, levant les yeux vers la haute verrière, d'y retrouver la tête de Princess prisonnière de deux armures métalliques.

Elle était facile à reconnaître, toute noire avec sa bouche rose et ses yeux bleu turquoise. Grandma Louise avait toujours dit que dans sa famille les yeux clairs étaient chose courante. Personne n'y croyait, car personne n'avait connu sa mère aux yeux bleus ni son frère aux yeux verts. On se moquait de la vieille Louise, de sa tête farfelue. On s'en moquait, mais, au cours de ma grossesse, je me suis souvent demandé si c'était vrai et — non sans honte, non sans l'impression d'un dérèglement inavouable – j'ai parfois secrètement espéré que mon enfant pût naître avec les yeux bleus ou les yeux verts.

. . . .

J'avais quoi cet été-là? cinquante et un? cinquante-deux ans?

Il est arrivé avec ses petites lunettes, ses petits cheveux, son petit air morfondu de Blanc repentant. On les connaît, ces oiseaux-là. Ils vont les épaules basses et l'œil en berne. Chacun se croit comptable à lui seul des siècles d'esclavage et de maltraitance, mais c'est encore un orgueil, un orgueil inversé comme le revers de la pièce dont l'avers demeure cette arrogance dominatrice. Fausse monnaie que tout ça, pure singerie.

Le paquet volumineux m'intriguait. Que pouvait-il bien m'offrir de si lourd et envahissant? «J'ai pensé à vos goûters-surprises», disait Troy avec un sourire niais à souhait. En fait de surprise, c'en était une, oui : je me suis retrouvée nez à nez avec une machine à pop-corn. «Encore un robot électrique! C'est gentil à vous, mais je ne vais pas accepter. Regardez un peu ma cuisine! Je n'ai même plus une prise pour brancher l'aspirateur.» Caryl pouffait de rire, le nez dans son café. Il m'avait entendue tant de fois houspiller Aaron pour sa manie compulsive des gadgets ménagers, pour la façon dont ma cuisine déjà pas très grande s'était vu insidieusement transformer en laboratoire avec son blender, son mixeur, son batteur, son grille-pain, son mini-percolateur (en plus de la machine à café), sa centrifugeuse, sa mijoteuse, son gaufrier, son micro-ondes, son hachoir à viande — et j'en passe, car beaucoup de ces appareils ont retrouvé leur carton d'origine et dorment dans la remise —, Caryl savait, donc, l'accueil que je pouvais réserver à ces intrusions dans ma cambuse. Bon, c'est vrai, j'aime faire rire mon fils et j'ai sans doute caboliné. «Qu'est-ce que c'est que ce monde où l'on ne peut plus éplucher une patate sans l'aide d'un moteur au mode d'emploi long comme le bras! Regardez autour de vous : ce n'est plus une cuisine, c'est une centrale thermique!» Alors, Caryl a éclaté de rire et Troy rougi si fort que j'ai cru qu'il allait pleurer. J'ai posé une main sur son épaule (elle était plus solide qu'en apparence). «Ne le prenez pas mal, Troy. Quand vous ferez du pop-corn dans votre belle cuisine en marbre, ayez une pensée pour moi : grâce à cette machine, vous ne retrouverez pas de maïs collé au plafond comme ça m'arrive une fois sur deux. Que voulez-vous? Les gamins du quartier que j'aide sont des gamins modestes avec des plaisirs modestes. On passe plus de temps à rire et à débiter des sornettes qu'à réviser les leçons. C'est si facile et si marrant de faire sauter le maïs dans une vieille casserole, d'attendre que les grains éclatent en faisant leur *pop*, ce bruit de pet qui fait rire aux éclats mes petits diables — et le rire des enfants... Le rire des enfants est une musique du ciel.»

Le lendemain, j'ai écrit une lettre à Troy pour le prier de m'excuser. À ma grande surprise, ça ne m'a rien coûté : savoir que je le faisais pour mon fils a ôté toute pesanteur et toute peine à cette contrition. Je le faisais pour la fierté de mon fils et j'ai eu raison. Certains fils ont pour joie supérieure la beauté de leur mère; Caryl, lui, avait une mère sachant écrire dans une langue assez châtiée pour être distinguée dans les concours d'éloquence des journaux. Le soir même où la lettre arrivait à Atlanta, il m'a appelée : «Merci, Mom, pour ton geste. Troy est très touché. Il dit n'avoir jamais reçu de lettre aussi magnifique. Tu te souviens de ce qu'on a toujours dit, papa et moi?»

Bien sûr que je me rappelle, Aaron et lui se liguant pour me pousser à écrire des contes, des histoires pour enfants : toutes ces fables que j'inventais à haute voix pour des garnements et qui seraient perdues à jamais, j'aurais dû les coucher sur papier, disaient mes hommes.

Deux jours plus tard, je recevais en retour ce courrier d'Atlanta qui montrait peu d'enthousiasme et encore moins d'émotion :

«Chère Mrs Jackson, comment vous en vouloir pour votre emportement? Je sais bien que le deuil de votre époux vous laisse seule et désemparée et tournant en rond dans votre maison, d'autant plus seule à présent que l'école vous a imposé ce mi-temps. Encore avez-vous vos petits élèves à domicile le soir. C'était pour eux autant que pour vous, la machine à pop-corn. Je sais que vous ne m'aimez pas, Mrs Jackson, quelques efforts que j'aie pu faire, et je renonce. Il est difficile d'offrir un cadeau d'anniversaire à quelqu'un qui ne vous aime pas. L'électroménager m'avait paru un terrain neutre. Je me trompais encore.

Avec mes respects.

Troy Mackintosh.»

Le petit avocat avait plus de mordant que prévu.

*

On était sous le préau, dans la senteur des glycines et des chèvrefeuilles. Loin de son bureau où, d'ordinaire, se tenaient ces conversations délicates.

«Chère Mrs Jackson, il va falloir vous reposer», avait amorcé Olyphant, le nouveau directeur nommé par la mairie qui ne paraissait guère plus vieux que mon fils. Sa voix tremblait un peu. J'ai eu le sentiment dérangeant, presque comique, d'être un cobaye placide entre les mains du jeune carabin qui allait pratiquer sur moi sa première vivisection. «Vous ne dormez pas, vous ne mangez pas.» J'ai cru qu'il allait ajouter *Mais vous buvez*. Trop bien élevé pour ça. «Il faut vous soigner, chère Mrs Jackson. Le conseil d'administration s'est réuni et nous sommes tous convenus qu'il faudrait vous mettre à mi-temps... en attendant votre rétablissement. Sans rien vous garantir, sachez que je fais tout pour qu'on vous garde votre plein traitement.»

Et moi, d'une drôle de voix plaintive que je ne me connaissais pas : «Mais que vais-je devenir sans mes enfants?»

Olyphant a marqué le coup. Ses masséters roulaient sous les joues et j'ai vu ses yeux s'embuer. Il a détourné le regard, s'est éclairci la voix. Lui : «Vous faites peur aux enfants, Zola. Pardon! oh... je peux vous appeler Zola?... Je vous aime bien, croyez-le. Pourtant, la bonne question à se poser n'est pas : Qu'allez-vous devenir sans eux? mais : Que vont devenir les enfants avec vous?»

Ah, c'est comme ça! Tu fais peur, Zola, à ce qu'on raconte? C'est ce qu'on va voir. En moins d'une semaine, il n'y eut plus assez de chaises dans toute ma maison pour asseoir autour des deux tables, celle de la cuisine, celle du séjour, la ribambelle d'enfants que je terrorisais et qui accouraient la bouche en cœur. Dans la cuisine, sur la table de formica, je rassemblais la petite section. Dans le séjour, sur la belle table de mahogany, était accoudée la grande section. D'abord, tout le monde fut bien sage. On s'ennuyait un peu. J'ai commencé à leur raconter des pans de l'histoire du monde (l'Antiquité gréco-romaine, surtout, les passionnait).

Puis vint l'idée du goûter, lorsque je compris que la plupart de ces mômes n'avaient rien dans le corps depuis le matin, voire le dîner de la veille.

Avec le goûter s'imposa assez vite l'idée du pop-corn, rapide, pas cher et pratique — enfin, si l'on veut.

*

Thanksgiving, 1993

Quelques mois plus tard — j'avais toujours cinquante et un ans et on était encore dans ma cuisine —, je les ai retrouvés dressés face à moi, l'un comme l'autre empruntés, avec cet air couillon qu'ils ont, les hommes, lorsqu'ils ambitionnent de jouer les preux chevaliers sans être certains de tenir en selle.

Caryl a commencé. «Tu ne peux pas rester seule ici, le coin fait trop peur.

«Moi je n'ai pas peur.»

«Mom, arrête de te mentir. J'ai grandi ici et je vois bien que le quartier n'est plus le même. Plus du tout.»

«Qui me ferait du mal? Un de ces gangsters à la gomme à qui j'ai appris à lire, que j'ai soigné aux premières bagarres, que j'ai torché parfois? Celui-là me voudrait du mal?»

«Viens vivre à la maison, Mom.»

Là, j'ai dû enregistrer le séisme, me faire à l'idée d'une maison au monde qui n'était pas la mienne.

«On a une chambre pour vous», s'est empressé l'autre, le Machinchose.

«Mieux qu'une chambre, Mom : un vrai appartement à l'entresol, avec ta salle de bains et ton coin-cuisine rien que pour toi.»

«Tu m'as réservé la cave? Où je devrais manger seule? Il ne fallait pas te donner tout ce mal.»

Alors Machinchose a quitté la pièce, glissant à Caryl quelque chose comme «Démerde-toi». Il parle si mal à mon fils.

Machinchose n'a jamais repassé le seuil de la cuisine. Je le voyais arpenter le jardinet sur ses hautes jambes de cavaleur, son casque à musique vissé sur le crâne, si plein de lui-même.

«Alors, on va repenser à la solution d'un chien. Je serais plus tranquille, Mom, si tu avais un chien à tes côtés. Un labrador, c'est doux et ça garde bien. Un beau labrador chocolat?»

«Et pourquoi chocolat? Pour qu'il me ressemble, peut-être?» C'était si insultant.

«Non, Mom, c'est juste que c'est le nouveau chien à la mode et que ça a l'air vraiment chouette comme race.»

«Depuis quand connais-tu la mode, toi, qui vis dans tes livres, qui portes les mêmes jeans, les mêmes binocles et les mêmes baskets qu'à tes quinze ans. Une chouette race? C'est vrai? Eh bien, moi, je veux un chouette labrador blanc. Une femelle blanche. Les chiennes blanches sont douces à caresser comme la peluche. Les chiennes blanches sont câlines.»

Caryl a éclaté de rire. Quand il rit, mon fils, l'espace se modifie, l'air vibre, la lumière s'irise et les contours cèdent : comme si la face du monde même s'était mise à sourire, tout s'évase et s'illumine, la cuisine devient un palais, la courette un jardin de maître et mon cœur une étoile en suspens.

Le lendemain, c'était le déjeuner de Thanksgiving, Nina était là avec son fiancé (l'un des nombreux sur la liste mais le seul présentable, sans doute), on sonna à la porte, je trouvai sur mon paillasson ce chiot blond presque blanc. Enfoui dans les plis du cou si potelé, il portait un ruban avec l'inscription française «Chocolat blanc». Je lui ai d'abord donné un nom que je voulais, Lafayette, puis Caryl m'a dit que c'était une femelle, il a insisté pour qu'elle reçoive un nom de fille, et ce fut Lady.

. . . .

L'eau n'allait pas manquer, ça non. L'eau croupie, l'eau corrompue, la pourriture.

Ce lundi soir, les eaux de pluie avaient grimpé les cinq marches du perron et, à la faveur du vent, de quelques planches mal jointées aussi, elles s'étaient insinuées dans la cuisine sur un ou deux centimètres. Mes savates faisaient floc-floc sur le lino de la cuisine. Ça m'a rappelé des tas de soirées de mon enfance, de ma jeunesse.

Il était l'heure de dîner, Lady tournait en rond dans la cuisine sur le bout de ses pattes mouillées — cette eau dans sa maison ne lui disait rien qui vaille. Quand j'ai voulu faire du riz, j'ai compris que toutes les allumettes étaient foutues. Seraient inutilisables jusqu'au prochain vent un peu sec. Lady regardait son bol où flottait un mélange peu convaincant de croquettes, de thon rouge et d'haricots en boîte. Elle a soupiré, longuement, avant de lever sur moi ses grands yeux noirs d'odalisque égyptienne, des yeux doux comme maquillés d'un trait de crayon noir. La déception de ce repas s'y lisait à livre ouvert. Je n'avais pas faim — aussi je lui ai donné mon blanc de poulet.

«Souviens-toi, ma belle, voilà pas plus tard qu'un an, la

tempête s'appelait Ivan et les gens avaient fui la ville. La télé diffusait ces images pathétiques, de longs travellings pris du ciel où l'on voyait les foules arrêtées, entassées sur les ponts telles des bêtes piétinant à l'entrée du corral ou bien de l'abattoir industriel, tous ces fugitifs par centaines de milliers bloqués juste avant les bretelles d'autoroutes, sous le cagnard pendant douze heures, certains vingt heures... Et à l'arrivée, quoi?» La chienne bercée par ma voix familière rouvre les yeux et bâille. Lorsqu'elle prend d'assaut le vieux fauteuil d'Aaron, faut pas lui en conter à Lady, elle est vraiment la reine de céans. «Tu l'as vu, toi, Ivan le terrible?» J'ai ri, de bon cœur, la chienne a remué la queue et, dans un élan de bonne humeur partagée, elle descend du fauteuil pour me rejoindre sur le canapé, elle prend appui sur mes genoux et lèche mes joues de longues minutes. Parfois, quand elle fait ça, j'en oublie que je pleure et qu'elle essuie mes larmes. C'est si bon. Pas propre, mais si bon. Sauf que ce soir-là, non, je ne pleurais pas. Dans la glacière, j'ai pris une Miller. «*That's the way it is*», chantais-je — C'est comme ça, chez les Jackson, et qu'est-ce qu'on rigole! La bière moussait mollement au lieu de pschitter comme il faut. Je l'ai vidée dans l'évier. Une autre Miller, plus fraîche, plus vive, a craché sa joie sur le canapé et ainsi tout était bien.

Ne vous avais-je pas dit, mes hommes, de ne point vous inquiéter? On en a réchappé, on est chez nous, bien au frais chez nous, pas comme ces pauvres cloches qui doivent s'entasser dans les refuges après des heures d'embouteillages. Votre vieille Zola sait ce qui est bien, elle va se coucher d'un cœur léger. Sa maison est debout, pas un trou dans le toit — bravo, Aaron! Et j'ai ma chienne à mes côtés, ma si gentille compagne — merci, mon fils!

52

L'eau monte, oui, ça continue, il faudrait des bottes tant on patauge mais j'ai connu ça toute ma vie, n'est-ce pas?, l'eau qui noie le porche, qui atteint parfois jusqu'à un mètre dans la cuisine... et le lendemain un soleil lustral séchait jusqu'à la dernière goutte et toute la maison, tout le quartier brillait comme un sou neuf. J'ai confiance en ce soleil rouge que je vois darder entre les nuages. Je vous embrasse, mes hommes, je vous serre contre moi de toutes mes forces vaines. Lady et moi, on monte dormir. Le soleil revenu se couche, imitons-le.

Dans le crépuscule, j'ai surpris à la porte moustiquaire une procession des plus étrange, pour ne pas dire merveilleuse. L'ingéniosité et l'astuce humaines étaient réunies en ce cortège formé de quatre hommes, deux adultes et deux jeunes garçons, entourant une embarcation insolite : une vieille dame en chaise roulante avait été placée avec son fauteuil dans un vieux congélo sans porte, et ce congélateur ruiné est devenu son radeau que les quatre escortes guident entre les écueils — ceux que l'on peut voir, les lampadaires arrachés, les épaves de voiture, les bris de charpente, et ceux, invisibles, qui roulent sous la surface, auxquels se prennent les jambes.

Elle a quelque chose de beau, la vieille, quelque chose d'une reine épuisée sur son trône à roulettes, dans son char amphibie, ses yeux vont de l'un à l'autre des quatre gardes, elle lève au ciel rougeoyant des yeux voilés de cataracte, mais fiers, si fiers.

Si elle venait à mourir, ce serait pratique : nul besoin d'un cercueil, on pourrait l'inhumer en l'état, assise sur son fauteuil, dans le sarcophage de métal et plastique. À condition de retrouver la porte, peut-être. L'invention de ses enfants trouverait là une sorte d'apothéose.

Le plus petit des garçons, de l'eau jusqu'au menton, trébuche et boit la tasse, recrache, le pauvre, horrifié par le goût du bouillon. Le goût et l'idée aussi, songeant à tous ces cadavres croisés, ce charnier liquide. Les ruisseaux de Sodome devaient être plus sains.

Je pourrais fuir, si seulement j'en avais envie. On pourrait se trisser, Lady, on en a les moyens, sais-tu ? J'ai mes écono-croques à la banque, de quoi nous laisser vieillir toutes les deux. On pourrait s'inventer une autre vie sous des ciels tempérés. On pourrait... sauf qu'on ne quitte pas cette ville. On y est né, on y a souffert à peu près tout ce qu'une créature du Seigneur peut encaisser, et on y reste.

Ce n'est pas le goût du malheur, non, et pas faute d'imagination.

C'est juste qu'on n'a personne d'autre où aller.

Je sombrais dans le sommeil des justes et du Rohypnol quand ça a pété de nouveau ; une explosion, puis deux, qui n'avaient plus rien de cristallin. On aurait dit des bombes, un volcan sous-marin peut-être. Les rues étaient calmes pourtant, le monde se reposait. Qui donc aurait eu le cœur à terroriser la ville ce soir ? L'explosion venait des rives du lac, et ce n'étaient pas des pétards de gosses ni les feux d'artifice de fêtards, c'était un fracas souterrain, tellurique qui fit trembler toutes les maisons sur des kilomètres, de Gentilly jusqu'à Bywater, en ébranlant Saint-Bernard et tout le neuvième district. Les digues venaient de céder.

Je suis descendue à la cuisine pour chercher de la bière et les biscuits de Lady. L'eau m'arrivait à la ceinture, mais dehors, comme si le monde était un aquarium inversé, elle atteignait déjà le haut des fenêtres et de la porte vitrée. Je n'ai pas attendu la catastrophe — le bois craquait, gémissait sous la pression —, je n'ai pas attendu de voir porte et fenêtres arrachées de leurs gonds. J'ai vite regrimpé l'escalier.

Lady avalait ses biscuits tout rond, sans croquer. «Tu sais, ma chienne, il faut que je te dise : on risque d'avoir de gros soucis à partir de maintenant.» Mais elle s'est allongée, indolente, et je l'ai serrée contre moi, si fort qu'elle a couiné. Quarante ans plus tôt, déjà, quand le monstre s'appelait Betsy, ils avaient dynamité les digues à l'est afin que l'eau n'inondât pas le Quartier français et les immeubles d'affaires en se répandant dans les quartiers pauvres.

Au cadran du vieux réveil, les aiguilles vert fluo affichaient bientôt minuit et que croyez-vous que j'aie fait? Eh bien, j'ai fait cette chose étrange : je me suis rendormie. Oui, je me suis rendormie et Lady collée à moi de tout son long en a fait autant. En moins d'une seconde, elle ronflait telle une bienheureuse.

Et je l'ai suivie dans le sommeil une minute plus tard avec cette drôle de tranquillité que peut vous donner la satisfaction du devoir accompli : j'avais passé deux jours à colmater comme je pouvais, à calfeutrer, protéger et rassembler tout ce que je pouvais. Bien sûr, je ne vous ferai pas l'affront d'un mensonge en prétendant avoir lu les consignes de sécurité du manuel municipal.

J'avais provision de bougies, au nombre de six paquets de dix, j'avais cinq litres d'essence désodorisée pour le réchaud et les lampes — mais pas assez d'allumettes, non, si cette histoire devait s'éterniser.

Le déluge

La chienne me dévisageait, incrédule, de ses yeux noirs écarquillés. Si elle avait peur, elle ne tremblait plus : un désarroi la figeait, assise toute droite sur l'oreiller, percluse et sans même ciller. Comment l'eau avait-elle pu monter jusqu'à l'étage, pénétrer jusqu'à notre lit ? Quand j'ai mis l'eau à mes lèvres, j'ai reconnu le goût salé et j'ai compris qu'il n'était plus question des pluies ni des tempêtes saisonnières. Plus question du fleuve. C'était l'eau de la grande lagune, l'eau de Pontchartrain. Quarante ans plus tard, Betsy était de retour — *quarante ans tout rond, presque jour pour jour* —, le fantôme de Betsy revenait semer la terreur sur cette ville mal aimée de Dieu.

J'ai mis longtemps avant de me décider, trente minutes peut-être, la chienne contre moi. Enfin je me suis levée, de l'eau à mi-mollet. L'escalier était englouti et j'ai tout de suite pensé qu'il faudrait plonger, se boucher le nez et plonger afin de récupérer les vivres dans la cuisine, et j'ai su que je ne le ferais pas car jamais de ma vie je n'avais pu nager, encore moins mettre la tête sous l'eau et encore moins nager la tête sous l'eau. Plusieurs objets flottaient dans la cage d'escalier, des torchons, des bouts de pain spongieux, et trois boîtes Tupperware — de celles que j'avais cru mettre à l'abri en haut du buffet — et que j'essayais d'attraper, à présent, me retenant du bras droit au garde-corps du palier tandis que le gauche, bien gauche, espérait s'emparer d'une escalope de thon ou d'un morceau de poulet mangeables. J'ai fait trois pas de plus vers la salle de bains pour m'assurer que le WC ne débordait pas, qu'on pourrait encore faire ses besoins et ses ablutions.

Enfin, j'ai eu le courage d'aller voir ce que nous réservait le dehors. À la fenêtre de la chambre roulait un torrent, d'une eau si sombre qu'on ne discernait rien au travers, pas même le perron de la maison, noyé six mètres au-dessous.

L'eau dans la cuisine, je connaissais, j'avais grandi avec ça. Mais à l'étage, non. Je n'avais jamais vu de noyé non plus.

Ce matin, un premier cadavre a traversé en diagonale la fenêtre de la chambre, glissant mollement et trop vite à la fois, couché sur le ventre, les bras en croix. Ses vêtements gonflés lui faisaient une bouée grotesque.

Depuis le lit trempé, je peux voir à ma droite l'escalier englouti sous l'eau crasseuse et malodorante.

À ma gauche, cadré dans la fenêtre, le ciel est bleu pur, lavé, ressuyé — si pur, si bleu. Un ciel innocent. Pour un peu, les larmes vous monteraient aux yeux de son innocence.

Plus loin dans la rue, on voit un petit corps accroché aux branches d'un chêne, l'un des derniers encore debout. Est-ce bien qu'il est vivant et s'agrippe de toutes ses forces?... ou est-ce qu'il est mort déjà, son corps seulement intercepté, retenu par l'arbre dans sa dérive?

*

Les oiseaux se taisaient. Il faut croire que tous avaient fui, les aigrettes, les geais, les colibris, les cardinaux rouges aussi. Leurs nids perdus, leurs petits asphyxiés, où donc trouver consolation?

Les insectes avaient déserté tout autant, les abeilles, les phasmes, les sphinx tête de mort — même les moustiques. Où étaient passés nos moustiques? Sans doute occupés dans les fossés, les arénas et les tentes de secours à sucer le sang des agonisants.

*

Les corps flottent sur le ventre, tous sans exception. Et tous ont les bras en croix, telles des outres chrétiennes.

*

Parfois, sur le dos d'un corps, on discerne un rat embarqué. Un rat en croisière. C'est formidable.

*

Une femme criait depuis un toit : « Qui viendra nous sauver? »

Une voix d'homme un peu grasse lui répondait : « Les garde-côtes sont visibles à l'horizon. En un rien de temps nous serons récupérés. »

Une autre voix d'homme, mais jeune, mais verte, presque acide : « Les hélicoptères survolent le quartier mais ne sont pas pour nous. Ils volent vers le centre-ville et aussi les belles résidences. »

L'eau bouillonne dans les égouts, si puissante qu'elle en

soulève les plaques et forme des geysers aux quatre coins du carrefour. Gerbes de merde, jets d'eau noire et putride pour fêter notre mort prochaine.

Dans la gare routière, on voit les autobus quitter leur aire de parking et dériver, faire des tête-à-queue gracieux comme sur une patinoire et ils finissent par s'emboutir entre eux, bien sûr : tout comme si les fantômes de leurs conducteurs disparus avaient décidé de jouer aux autos tamponneuses, facétieux fantômes, sacrés blagueurs...

Hier encore, certains arrivaient à marcher. Ce matin, les plus téméraires voient le sol se dérober sous eux, ils battent des bras dans l'eau mais le mouvement les enfonce plus sûrement à chaque moulinet et ils coulent, étonnés, leur dernier regard froncé étant pour la terreur de mourir maintenant, sans tambour ni trompette, sans fleurs ni couronnes, sans dieu aucun. Personne, personne n'a appelé Dieu de tous ceux qui sombraient après avoir tant lutté. Dieu d'imposture, dieu d'impuissance et dieu d'usure, on dirait bien que ton règne finit ici.

Un homme futé, de deux fûts de bière assemblés par des cordes, s'est confectionné un radeau. Croyant que ça flotterait. Il a sombré en moins d'une heure. La bière l'a fait couler plus vite, c'est tout. Il ne faut pas se réjouir, Lady, pas se féliciter du malheur des autres.

Des allumettes gonflées d'humidité, la pointe soufrée s'écrase, toute molle sur le grattoir, avant d'avoir pu produire la moindre étincelle. Comment je vais faire pour les bougies, les lampes à pétrole ?... J'ai besoin de lumière. Sans lumière, j'étouffe. Jamais, j'aurais jamais dû arrêter de fumer, la maison était pleine de briquets et aujourd'hui plus rien, plus de feu, et je vais mourir pour avoir voulu corriger le seul vice que j'avais et qui ne faisait de mal à personne...

« ... Des boîtes d'allumettes, oui, toutes blanches, foutues ayant pris l'eau. Elles n'étaient pas faites de planches, nos demeures, mais d'allumettes rompues en miettes, broyées dans les mâchoires du tourbillon... c'était ça, notre quartier. »

J'aime ma maison, elle n'est pas bien belle mais c'est la mienne. Une maison avec vue sur la vie : depuis mes fenêtres, le regard embrasse le vaste carrefour. Je vois tout sans rien épier. Le spectacle m'arrive tout seul, gratuit, dans un flot ininterrompu, comme une télévision. Sauf que le feuilleton interminable, ici, ne surprend guère et ce qui rebondit le mieux, c'est les ballons de basket et les voix en ricochet sur les murs ; pauvres vies tellement rasoir, indignes d'intérêt : les voitures qui se carambolent aux feux rouges, les gosses qui jouent au ballon dans l'arrière-cour de la gare routière, les jeunes mères qui viennent avec leur pliant prendre le frais sous le carré de magnolias, leur nourrisson bercé dans le couffin ou pendu à un sein, les rires des mères et le babil des petits, tout cela m'alanguit le cœur et me raccroche au monde. (Il est aussi des soirs, pas souvent, Dieu merci, certains soirs chagrins où les bruits me crispent, les voix, les moteurs, le rebond des balles, où le feuilleton me lève le cœur et me chasse de toute humanité.)

On n'a pas toujours vécu ici, non, et pas toujours avec Aaron. Longtemps Aaron fut ce voisin d'immeuble, un voisin sympathique et serviable, de ceux qui vous secourent une nuit de tempête lorsque votre bébé a dépassé quarante de fièvre, que pas un médecin ne se déplacera (déjà faudrait-il pouvoir l'appeler, descendre à la cabine publique sans se faire emporter par le torrent) et que vous errez dans le noir par les escaliers et les couloirs d'un immeuble à chercher âme qui vive et veuille bien ouvrir sa porte. Le voisin du deuxième étage continuait de me faire peur avec sa stature de colosse. En plein jour, il paraissait encore plus haut et plus large. Sa tête surtout était énorme.

Il avait tout fait dans la vie. À seize ans, il se louait à la journée pour la cueillette des fruits au Texas, puis il est entré dans les chantiers navals d'Alabama, puis il a été maçon, ouvrier agricole, puis il a été chauffeur de remise à Dallas, vigile de casino à Vegas, avant de se fixer ici et de s'offrir une baraque à souvenirs dans le Quartier français où il vendait aux touristes des colifichets et toutes sortes de brimborions estampillés vaudou, garantis cajun.

Un jour, Aaron a pris l'escalier et grimpé les trois étages qui nous séparaient : «Miss Zola, vous n'allez pas rester fille mère comme ça toute votre vie. Ce n'est bon pour personne. Épousez-moi, votre enfant deviendra le mien. Nous serons heureux. À peu près heureux, je vous le promets. Et je vous promets d'élever votre fils avec l'amour et la grande innocence qu'il faut.»

C'était l'époque où les Blancs riches fuyaient la ville pour les banlieues toutes neuves où on leur construisait des résidences. On leur avait dit que les écoles seraient ouvertes, désormais, et mixtes, que leur progéniture partagerait le même banc qu'un enfant de couleur. On n'est pas bien racistes, ici, en Louisiane, il paraît que c'est l'héritage des Français qui n'ont jamais pu envisager l'apartheid (*l'aparthate*, disait mon Caryl). Il y a une blague chez nous, qui dit à peu près : «Oui, nous avons été esclaves des Français, mais eux, quand ils avaient engrossé leurs esclaves, ils les épousaient.» Pourtant, il y a des limites à ne pas franchir — et des mots à fuir comme ce vilain mot de déségrégation.

Moi, par exemple, je n'ai jamais su ce que c'était que d'avoir un élève blanc. J'avais toute la gamme des couleurs brunes dans ma classe, les frimousses allaient du noir réglisse au basané en passant par le cuivré et le chocolat, mais le poupon rose à cheveux filasse, non, je n'ai pas connu.

Les riches enfuis, de nouveaux espaces s'ouvraient et une frénésie d'occupation des sols s'est emparée de la ville. Les bungalows poussaient en quelques jours, tels des arbres au paradis. Les abords du lac ne faisaient plus peur, bien au contraire : les digues nous garantissaient une vie de rêve au pays d'Apollo 13 et des marcheurs de lune. Qui a conquis l'espace ne peut plus faillir sur terre. C'était l'idée, et on y a cru tellement — cela faisait du bien d'y croire, croire que cet ici-bas pût être rédimé, réparé, sauvé devant l'Éternel.

Alors on a déménagé. J'ai donné des cours privés en plus de mes heures à l'école et on est arrivés dans ce quartier de Gentilly, sous le lac, où l'on n'était pas si mal. D'abord le quartier faisait illusion, avec ses maisons peintes de frais, ses jardinets plantés. Les voisins étaient des Blancs tombés dans la gêne, planqués sous des vêtements élégants d'un autre âge et des rituels bourgeois au-dessus de leurs moyens, ou bien c'étaient des Noirs à peine enrichis, cheveux défrisés et teint jauni sous les onguents éclaircissants, les uns et les autres s'entendant assez bien sur certains terrains de distinction comme le snobisme et le mépris.

Et les uns comme les autres, même s'ils affectaient de nous apprécier, montraient que nous n'avions pas notre place dans le quartier : le colossal Aaron ne portait ni costume gris ni chemise blanche amidonnée ; j'étais trop noire, sans goût dans ma mise, j'allais chez le coiffeur deux fois l'an ; enfin, notre fils avait les yeux trop verts, le teint trop clair et des façons étranges. Il y avait aussi qu'on oubliait d'aller à la messe, que mon époux avait un métier vulgaire et que j'enseignais aux enfants les monstruosités de la peine de mort.

*

Notre maison est solide, Lady. Combien de fois faut-il te le dire pour que tu comprennes ? Ah oui... c'est vrai, tu es un chien... Mais ne gémis pas, pitié, ne me lance pas ces yeux noirs grillés de terreur. Je sais comme toi, je ne suis pas sourde, j'entends aussi que ça grince, que ça craque, que ça gronde sous nos pieds. Je sens comme toi que la maison tangue et bascule. Mais je n'ai pas peur. Fais-moi confiance. Ai-je un jour, un seul jour, trahi ta confiance ? La maison est solide, ma chienne, elle a été construite par mon mari qui savait tout faire de ses mains. Et ce n'étaient pas des mains de majorette, crois-moi. Dommage que tu ne l'aies pas connu. Tu aurais vu sa dextérité et sa rapidité d'exécution. Trois mois, seulement trois mois pour bâtir notre maison. Ses pilotis à lui ne céderont pas. Tu trembles et gémis ? Ses pilotis sont plus résistants que toutes les fondations de béton du monde. Il aurait mis moins d'une heure à te construire une belle niche. Non! Je n'ai pas dit que tu auras une niche dehors. C'était une image, comme ça; pour te faire entrevoir son immense savoir-faire. Son art. Allez, ce n'est peut-être pas plus mal comme ça... L'aurais-tu aimé si tu l'avais connu? Tu n'aurais pas eu la même vie, non. Car mon Aaron n'était pas tendre avec les bêtes. Pour lui, les bêtes devaient coucher dehors dans des étables, des poulaillers et des niches. Tu ne serais même pas entrée dans la maison, Lady. Quant à monter sur notre lit! Ah! scandale!

Il était dur. Dur à la peine. Dur avec les autres. Je ne sais pas si le Ciel existe, je ne sais pas si depuis le ciel on a vraiment une chambre avec vue sur la Terre et tout particulièrement le lopin de terre où nos êtres chéris nous survivent, mais s'il arrive qu'il voie vraiment ce qui se passe dans cette maison chaque nuit, quand tu me rejoins dans la chambre, quand tu prends sa place à ma gauche et te roules en boule sur son oreiller, je peux l'imaginer rugir sur son nuage bouillonnant, je peux l'entendre s'époumoner de colère. À moins qu'il n'ait un peu pitié de moi. Je ne sais pas. Aaron n'avait guère d'indulgence pour les faiblesses des autres. Peut-être qu'on ramollit là-haut, parmi les anges et l'azur laiteux : les nerfs se détendent, le caractère s'infléchit et le cœur a vite fait de tourner guimauve.

L'imaginer menotté à sa nacelle... bercé par les vents cosmiques, avec pour seul horizon une éternité à regretter de n'avoir pas assez ri ni aimé. La station perpétuelle, ça doit le rendre dingue, mon Aaron, lui qui n'a jamais tenu en place sur le rocking-chair, qui refusait de s'asseoir avec moi sur la balancelle dans le petit carré de pelouse roussie, toutes ces choses que l'on fait, qu'on est censé faire, si convenables — et puis ça va, autant le dire franchement : je n'ai jamais cru au fond à ces chromos, ces minauderies rose bonbon héritées du rêve blanc. J'aimais la rudesse de mon homme Aaron, même si elle nous isolait du monde décent. J'en étais fière.

Bon, maintenant... espérons qu'il était bon charpentier. Que ses pilotis sont vraiment supérieurs au béton. Car je n'ai pas d'éléments pour juger. Cette maison n'a jamais essuyé de telles avaries, jamais des vents pareils et jamais elle ne fut engloutie comme en ce jour.

*

C'est une maison sans rideaux. Dans ce pays où tout le monde s'espionne et défend son espace, l'absence de rideaux jure tel un blasphème et je suis une hérétique.

De même que je n'étais pas d'accord pour les réunions Tupperware, pas d'accord pour les réunions Avon, je n'ai jamais joué le jeu du *window treatment* où les dames du quartier rivalisaient par fenêtres, fronces et froufrous interposés.

Quel ennui, toutes ces voisines surexcitées et caquetantes s'extasiant sur l'herméticité d'une boîte en plastique ou les vertus d'un savon raffermissant.

Jackie Fontaine était la championne des ventes en réunion chez elle. Pas peu fière de s'appeler comme la jeune veuve du président assassiné, d'avoir comme elle des origines françaises, elle cultivait avec plus ou moins de bonheur la ressemblance physique, se faisant teindre en brune et coiffer comme elle, portant les mêmes bibis concons, les mêmes sacs à main empruntés — sauf que notre Jackie à nous avait les yeux tout petits, tout enfoncés dans les orbites, et qu'il aurait fallu un écarteur chirurgical pour lui donner le regard poissonneux de l'ancienne *first lady*.

Un jour où Jackie et ses ouailles me relançaient sur mon défaut de rideaux, en insistant sur l'inconvenance de cette *transparence*, j'ai eu l'étourderie d'avouer que j'étais sans machine à coudre et sans aucune envie d'en posséder une. Je ne saurais même pas m'en servir. Mais comment, sans les blesser, leur rétorquer que leurs maisons croulent sous les tissus criards et la passementerie, que les embrasses, les pompons, les rufflettes, les satinettes et les shantungs leur font des décors suffocants d'un autre âge? Est-il possible qu'elles n'aient pas imaginé d'autre horizon que leur maison de poupée du temps où elles étaient fillettes? Car elles avaient des maisons de poupée avec de vraies poupées dedans. Pas des doudous ravaudés comme Princess.

Il ne faut pas grand-chose pour se faire détester dans ce pays où tout le monde aime son prochain, comme il est ordonné par la Constitution.

1980, épreuve-test de recrutement

Il a répondu en deux heures aux questionnaires puis il est rentré à la maison, seul, catastrophé. Je l'ai trouvé dans le noir, sur son lit, et quand j'ai allumé, j'ai vu son visage gris et entendu sa bouche qui disait « Maman, j'ai tout foiré ».

Sauf que non. Avec 19,5 sur 20 de moyenne générale, mon fils a décroché le premier prix, les félicitations du jury et les encouragements du gouverneur de Louisiane. Des journaux ont publié sa photo et le détail de ses notes, dont la plus basse était un 18 en biologie.

Reviens, mon unique. Reviens contre moi, sur ma poitrine osseuse désormais.

Reviens avec tes airs d'azur moqueur. Reviens et fais que resurgisse avec le jour nouveau ce trésor fabuleux, la lumière de tes yeux verts. Qui me rendait si fière et, comment dire ? qui m'intimidait devant toi.

*

Ils te cassaient la gueule. Avec tes yeux verts, tu n'étais pas pour eux, tu n'étais pas des leurs. Tu étais contre eux, croyaient-ils. Alors ils ont frappé, chaque jour, ils ont frappé et ils ont insulté. Ta peau plus claire, tes yeux verts.

Puis un jour, Jimmy ton ami a dit — ah, laissez-moi le retrouver celui-là, et lui tirer deux balles dans la tête —, Jimmy le gros lard a dit les mots, les mots sans retour qui condamnent et tuent dans les collèges de chez nous, Jimmy a dit « Caryl c'est une... ».

Le directeur de l'école m'a convoquée (ce n'était pas Oly-phant, bien sûr, Olyphant était à peine né, c'était ce salaud dit Noix-de-Coco — marron de peau, plus blanc que blanc à l'intérieur) : je m'attendais à des excuses, j'étais une institu-trice quand même — une collègue inférieure, mais une femme du sérail, après tout —, au lieu de quoi le sale type a accablé Caryl. « Asocial, retranché, mutique, jamais au diapason. Et puis il y a qu'il est fragile physiquement, difficile à mêler aux autres. Ils ne veulent pas de contact avec lui, au sport, au jeu. » Noix-de-Coco a baissé le regard sur mes chaussures, longuement, intensément, comme si j'avais des sabots de bouc à la place de pieds, puis, d'un mauvais sourire, m'a cra-ché son venin : « Quelle drôle d'idée, tout de même, que de donner à son fils unique le nom d'un condamné à mort. J'es-père que vos provocations ne vous porteront pas malheur. » Il savait, tout le monde savait, que Caryl était malade. Je me trompais cependant sur son intention : l'homme méchant ne faisait pas allusion à cette maladie sue de tous mais à *l'autre maladie*, celle qu'on évite de nommer comme si la proférer seulement était se souiller la bouche.

J'aurais dû comprendre. N'importe quelle mère aurait commencé à comprendre. J'ai voulu croire que ce n'était pas grave, juste une question de gamme dans les couleurs : ces années-là, tous les adolescents revendiquaient leur négritude jusqu'à l'ostracisme, les cheveux n'étaient jamais assez noirs ni crépus, l'accent du Sud jamais assez prononcé. Et je revoyais Princess, ma poupée décapitée, je m'abandonnais malgré moi aux vieilles légendes de la malédiction des yeux clairs. Qui meurent jeunes, disait Grandma Louise, de mort violente. Comme sa propre mère, comme son frère.

Ils te tabassaient et je ne pensais qu'à ta couleur. Je cachais tout à Aaron, bien sûr, persuadée que lui-même souffrait dans son honneur du stigmate qui l'empêchait d'être aux yeux du monde ton père entièrement. Un soir, Aaron s'est inquiété : « Moi, je trouve que ça suffit, le football, maman Zola. Si c'est pour voir à chaque fois le petit rentrer en pièces détachées et la tête démolie, alors là, non. On peut devenir un homme sans jouer à ces conneries. Y a-t-il un autre sport que tu aimerais, mon fils ? » Tu baissais tes yeux battus, tu t'entêtais : « Nan, c'est le football que je veux. »

. . . .

J'ai préféré la théorie des couleurs. J'ai choisi l'hypothèse des yeux verts plutôt que d'entendre les mots de l'immonde Jimmy : « Caryl, c'est une fée. »

Dans ce pays livré aux armes, heureusement j'ai résisté.

Je les aurais tous tués sinon, je serais allée dans la première armurerie sur Humanity Street, je me serais acheté un colt ou un luger comme tous ces connards et je les aurais tous eus, tous dézingués, ce con de Jimmy, ce lâche de proviseur et le prof d'éducation physique, d'abord, qui n'aura eu de cesse d'humilier mon fils. Lui le premier, je l'aurais abattu sans trembler.

Car j'ai une bonne vue. Une vue exceptionnelle pour mon âge, dit le toubib.

Qu'est-ce que je pouvais y faire ? Seigneur, que fallait-il faire ? Qu'ai-je manqué ? Qu'ai-je commis de mal ?

Les hélicoptères des garde-côtes ont fait un tour d'observation. Ils jetaient çà et là des bouées, des gilets à ceux qui leur tendaient les bras depuis la rue, l'eau jusqu'aux épaules. Ils ont même repêché Samuel, le vieux chanteur obèse. Samuel aussi a un chien, un corniaud blanc et noir, malin comme tout, qui l'accompagnait par les rues, portait dans sa gueule le vieux chapeau où les touristes charmés tant par la bête frétillante que par la belle voix de Sam glissaient des pièces, des billets d'un dollar pour les plus généreux. Comme il était trop volumineux pour tenir dans une nacelle, ils lui ont jeté un harnais orange et hop ! Le gros Sam soulevé des deux bras s'est envolé dans le ciel bleu sans un chant pour le Seigneur. Qu'est devenu le chien de Sam ?

À la santé de Sam, j'ai pris le bourbon dans le chevet et je lui ai fait un sort.

Luttant contre le torrent, j'ai reconnu un visage à peine vieilli, celui du petit Jovan Du Bois que j'avais eu en cours naguère : malgré les cris, malgré la douleur, je retrouvais son visage singulier au nez fin et crochu (on dit qu'en Afrique de l'Est il est des profils pareils) dans les traits de ce père qui hurlait et nageait et plongeait pour retrouver le corps de sa fillette emportée par les boues. Ils ont resurgi de l'eau, tous deux, l'enfant inanimée dans les bras du père, et il s'est produit cette chose folle et insoutenable... cette chose optique, comment l'appelle-t-on déjà ? anamorphose ? Soudain l'eau tout autour s'est asséchée, le torrent s'est ouvert en deux et pendant quelques secondes j'ai retrouvé la terre battue des rues de mon enfance, la sécheresse des étés de mon enfance :

73

soudain sous le soleil dardé, dans le paysage brûlant, deux filets d'eau se sont mis à couler sur un visage, la seule eau visible, l'eau unique et rare, elle ruisselait sur les joues de Jovan dont les larmes jamais n'épuiseront la souffrance.

Je voudrais qu'on m'assomme. Pitié! Qu'on m'assomme! Pour ne plus voir ce que je vois. Pour ne plus entendre le râle de Jovan lorsque la fillette ne se réveilla pas. Pour ne plus imaginer, plus ressentir. Je voudrais qu'on m'assomme et que le monde enfin s'arrête, le monde sans lui, le monde indécent sans lui.

Qu'est-il arrivé à mon fils? Que devient-il, six pieds sous l'eau?

· ·

Qu'est devenu le corniaud blanc et noir? Qu'est devenu le chien de Samuel? Il deviendra fou, le gros Sam, sans son partenaire pour faire la manche. Car c'est un duo qu'ils forment, un numéro d'amour, et il n'est pas certain que la belle voix veloutée du chanteur (étonnante voix flûtée, gracile, presque chevrotante, hébergée par ce corps outré tel un rossignol dans le ventre d'un éléphant), pas sûr qu'elle fût vraiment ce que préféraient les touristes dans le spectacle.

· ·

Le cimetière!... Seigneur, le cimetière sous les digues a été le premier inondé et je reste là, stupide, à voir passer les cadavres au fil de l'eau, je reste là, interdite, et qui sait si mon fils déterré par le torrent de boue n'est pas l'un d'eux, si ce gisant qui dérive, là, entre un distributeur de bonbons et une palette de chantier, n'est pas le corps de mon fils, qui sait si ce n'est pas lui qui revient, Caryl!

Caryl qui rentre à la maison sans

prévenir... j'aimais tant ses visites-surprises, ses bras chargés de fleurs, son sourire content de son coup et ses yeux verts qui me disaient sans besoin de les prononcer les mots du plus bel amour.

J'irai le chercher, ce corps de mon fils prodigue! J'irai à grande brasse le repêcher et le réchauffer sur mon sein. Je le coucherai sous la belle couverture de vigogne qu'il m'avait offerte, si riche, si douce, retour d'un voyage en Terre de Feu, là-bas, tout au sud. Je couvrirai mon fils de son cadeau, je le veillerai, je lui lirai Melville, Hugo, Dickens, et Walt Whitman et Cervantès, comme quand il était petit.

. . . .

Si seulement j'avais appris. Aaron m'a tant houspillée pour ça quand nous allions à la lagune. «Ne sois pas sotte, Zola Jackson, tu as assez de courage en toi pour en revendre à un bataillon de Marines. N'aie pas peur de l'eau. Vas-y, entre dans l'eau et quand tu y seras, songe que tes bras doivent dessiner un soleil et que tes jambes sont des pattes de grenouille. Les bras ouvrent la voie, les jambes te propulsent.» Je crois bien que mon homme Aaron aurait été un merveilleux maître d'école, bien meilleur enseignant que moi. Si seulement je m'étais donné la peine. Mais la peur de l'eau fut la plus forte.

*

«Maudit fleuve! crie la femme haïtienne du Coréen. Tes Esprits sont pourris!»

«Fleuve du diable!» reprend Hannelore depuis la terrasse de la laverie, poings brandis au ciel, sa chemise de nuit blanche détrempée, inconsciente de sa nudité.

«Ce n'est pas le fleuve qui grossit, leur répond une voix amplifiée par un mégaphone, le fleuve n'a pas quitté son lit. C'est le lac salé qui se vide sur vos têtes. Deux digues ont cédé à Chalmette. Une autre menace de rompre sur le canal de London Avenue. Tenez bon, nous viendrons en renfort vous chercher bientôt. »

«Venez maintenant. Arrivez tout de suite!» implore la femme du Coréen.

«Nous n'avons plus de place, répond la voix amplifiée, il faut d'abord charger les malades et les infirmes recensés. Prenez soin de vous jusqu'à demain, et que Dieu vous protège. »

La voix vient d'une barge à moteur. Ils ont des projecteurs à bord et balaient la surface noire de l'eau, ce qu'il reste des façades blanches réduites en copeaux, en sciure bientôt. Ce sont les garde-côtes, enfin. Ils ont des gilets orange et gris à bandes fluorescentes.

Une voix bègue et colérique (je crois reconnaître Leon, le dealer du carrefour), cette voix réclame après l'armée. Mais non, l'armée ne viendra pas. L'armée est retenue loin, très loin de nous, dans les déserts d'Orient. Quelle ironie.

Et quelle autre ironie que celle qui consiste à entendre un voyou de seconde zone revenir, tout tremblant, au bégaiement de son enfance parce qu'un gros coup de vent et une crue exceptionnelle ont suffi à briser son château de poudre.

«Maudite ville entre deux eaux! crie la femme du Coréen à sa fenêtre. Maudite cité sous la mer!»

Si une nouvelle digue venait à rompre, je n'aurais plus de chambre, plus de lavabo, plus de fenêtre pour appeler. Je n'aurais qu'à crever en étouffant ma chienne entre mes bras. Certains prient, à l'heure qu'il est. Je ne peux pas. Je ne peux plus. Je vomirais si je me remettais à prier. Et puis... quelle faveur, quel sursis demander au Ciel? Le ciel, c'est juste ce qui nous tombe sur la gueule.

Dieu d'indifférence, où es-tu? Te souviens-tu de tes enfants? Te souviens-tu de les avoir livrés au monde? Tu es celui qui abandonne, et l'abandon, on a assez de ça chez nous, sur notre pauvre terre, l'abandon on en aurait à revendre et c'est bien pourquoi je te renonce, je t'abolis et je te recrache, Seigneur mon maître et Dieu de merde.

Dans le cadre de la fenêtre, il manquait quelque chose, un élément comme un fragment de puzzle. Je viens de comprendre. Le chêne a disparu, auquel était enlacé le petit corps sans vie.

La canicule

Les bateaux furent bien lents à nous revenir, et si peu nombreux. La chaleur montait dès l'aurore, elle montait avec le jour, avec le programme du jour et tout m'a semblé plus incertain, plus indécis encore sous l'onde élastique. Trois canots pneumatiques se profilaient à l'horizon brûlant, à peine plus gros que des bouées d'enfant.

Les sauveteurs disaient : «Ne craignez plus rien, mesdames, messieurs, on dit que le président est dans son avion, il vole vers nous et vient sauver cette cité avec l'aide de Dieu et si le ciel le veut bien.»

Et la voix de Leon a retenti depuis le toit du squat sur Elysian Fields : «C'est p... pas lui qu'on veut! Pas ce déserteur! On veut des t... t... troupes! On veut la garde nationale! On v.... On veut nos Marines!»

Le chef sauveteur, dans son mégaphone : «Tout est en ordre, monsieur. Tout a été prévu par notre bon président. On réquisitionne les casernes et on rappelle les réservistes. Demain... allez... disons après-demain, la ville sera sous protection militaire. Cinq cents de nos gars sont en route, de tous les coins du pays.»

Et sous un casque, sous un béret, l'un aura forcément le

visage de mon fils, quelque chose de lui dans les traits, le front ou la bouche.

Les yeux, non. Les yeux verts ne sont qu'à lui.

Nos enfants ? Ça fait tant d'enfants. Tant de visages frais et neufs à pourrir dans les boîtes vernies.

Et tant d'autres encore parmi mes légions à moi, toutes ces gueules d'anges (des élèves dissipés, oui, insolents et bagarreurs, mais qui dans leur sommeil devaient retrouver aux yeux de leur mère une douceur séraphique), des anges d'en bas, si l'on veut, qui ne pourront pas tomber plus bas et finiront à l'ombre d'un pénitencier une vie à peine commencée que déjà flétrie — sans parler de ceux qui sont morts, tranchés comme bourgeons au printemps.

Il y avait cette femme, Annie Mae, je crois, cette pauvre mère serveuse au KFC qui ne vivait que par et pour ses quatre fils. Les quatre fils sont morts l'un après l'autre, flingués en pleine rue, une année après l'autre, butés par ordre d'apparition, de l'aîné au benjamin. Aucun des quatre n'a jamais dépassé ses dix-huit ans. Annie Mae, elle est à l'hospice aujourd'hui, avec les vieux bien qu'elle soit jeune encore, avec les vieux qui n'ont plus toute leur tête.

Oui, le quartier avait bien changé en trente-cinq ans. L'école modèle était devenue un moulin insalubre où plus rien ne marchait, ni la ventilation ni l'éclairage, où les toilettes étaient un cloaque impraticable faute de personnel d'entretien et les carreaux cassés jamais remplacés.

*

« Mais enfin, Mrs Jackson, vous ne pouvez pas rester à patauger dans cette eau malsaine. Dieu sait quelles maladies, quels germes, quels virus se propagent par la flotte, avec cette chaleur qui n'en finit pas de grimper. Ça pullule, là-dedans. Vous allez attraper la mort. »

« Peut-être bien, monsieur, mais je vous le redis : je n'embarquerai pas sans ma chienne. »

« Il y a des urgences sanitaires, madame. Des priorités. Des hiérarchies. On viendra la rechercher plus tard, votre bête, avec les autres bêtes du quartier. »

Comme si j'allais y croire. Comme si j'étais née de la dernière tempête.

« Les canots sont pleins, madame, et les chiens sont difficiles à tenir, ils peuvent nous faire chavirer. »

« Ma chienne, je la tiens, elle n'est pas dangereuse. »

Le type en vareuse orange m'appelle de la main.

« Montez, je vous en supplie ; je reviendrai moi-même la chercher. »

« Elle sera partie d'ici là. Partie à ma recherche, elle se noiera, sera assommée par un poteau ou bien bouffée par un alligator. Ce que vous me proposez, c'est de la condamner à mort. »

« Calmez-vous, madame. On ne peut rien faire de bien si vous ne vous calmez pas. »

« Je *suis* calme, c'est calmement que je vous dis : nous restons chez nous. »

« Faites-moi confiance, Mrs Jackson, je veux vous aider. Je suis Lamarr, Lamarr Baldwin, j'étais votre élève à l'école élémentaire... trois ans avec vous. Vous vous souvenez ? »

« Non, vous ne me rappelez rien. Mais vous êtes vivant. Vous en avez eu, de la chance. »

« Soyez raisonnable, madame. Ça me contrarie trop, l'idée de vous laisser là, dans cet état de danger. Vous ne tiendrez pas longtemps dans la fournaise qui s'annonce. »

«Vous voulez faire quelque chose pour moi, Lamarr? Revenez avec un jerricane d'eau potable et un briquet.» J'avais envie d'ajouter *Et tant que vous y êtes, achetez-moi donc des cigarettes et un pack de Miller*, mais j'ai étouffé sur ma langue ces velléités inconvenantes.

Avec la chaleur et la multiplication des rats, les serpents sont arrivés, les ratiers noirs du Texas, si agressifs, et les serpents des blés, plus fréquentables. Je ne savais pas qu'ils pouvaient nager jusqu'à en voir un se tortiller sous ma fenêtre, fier comme un poisson dans l'eau. On les voit d'habitude se dorer sur le macadam des routes; certains en bagnole roulent dessus exprès, d'autres les contournent. Ça dépend du rapport de chacun à la vie, j'imagine. Du degré de fanatisme, aussi. Je n'ai pas une peur particulière des serpents (j'ai quand même tiré une commode en haut de l'escalier, au cas où ils sauraient aussi plonger sous l'eau et monter par les marches), mais je crains les alligators qui ne feraient qu'une bouchée de Lady. Les alligators auront vite fait de quitter le delta pour venir se nourrir de nous, ils flotteront, silencieux dans l'onde noire, invisibles, imparables. Il y a aussi qu'ils ont la prédation démocratique et que toute viande se vaut, chat, chien, rat, humain, tout se mange en vertu du réflexe mécanique qui consiste à ouvrir les mâchoires puis à les rabattre d'un coup sec.

Dans le ciel, ils sont arrivés par dizaines et ils ont tourné, de midi à minuit, des hélicoptères venus non pas nous sauver mais plutôt assister à notre fin: il faut croire que n'importe quelle chaîne de télévision, fût-elle à l'autre bout du pays, était assez organisée et riche pour voler jusqu'à nous et réussir là où le gouvernement de la première puissance au monde échouait. On savait bien qu'ils ne nous aimaient pas, nos dirigeants. Mais à ce point, non : notre esprit n'était pas assez noir pour imaginer un degré pareil d'indifférence.

Nous demeurons pour eux la cité barbare, celle qui ne voulait pas apprendre l'anglais, qui n'aurait jamais le goût du puritanisme, qui fraternisait avec les Indiens et qui, comme eux, adorait les esprits du fleuve Mississippi avec bien d'autres divinités arrivées comme nous du monde entier et comme lui chamarrées. Et nous avons mêlé nos sangs, nos couleurs, nos langues et nos dieux métèques de tant de façons que sans doute nous avons mérité cette épithète de barbare. Il s'agit maintenant d'en payer le prix. Car l'on paie toujours cher sa volonté d'être, disait mon fils.

. . . .

Ils étaient beaux, les garçons, quelle que soit ma peine à le dire, et quelle que fût ma colère parfois ; ils étaient beaux, pas comme des gravures de mode, non, ils étaient si sérieux avec leurs petites lunettes cerclées de métal, ils étaient si ternes dans leurs grandes chemises de flanelle, et, s'ils venaient à se frôler, dans l'escalier ou dans la cuisine, l'amour qui les unissait non seulement n'échappait à personne, même pas à la mère aveugle que j'étais, mais il explosait du cadre de la photo, il éclaboussait le monde et le monde en était renseigné alors, oui, vraiment, je crois que c'était le plus grand amour qu'il m'ait été donné de voir et j'ai craché dessus, cet amour je l'ai condamné au nom de ce que je méprise le plus, la reproduction, j'ai fait souffrir mon fils pour un principe auquel je ne croyais pas et je ne sais pas, je ne sais quand mon supplice trouvera sa fin.

*

Il y avait ce film ridicule qui nous gondolait de rire, ma jeune nièce Nina et moi (je dis ma nièce, mais elle est de la famille d'Aaron, et encore n'était-elle pas vraiment sa nièce mais la fille de lointains cousins), ce film dégoulinant de bons sentiments, il s'appelait *Devine qui vient dîner*, histoire pitoyable d'une Juliette blanche et riche et d'un Roméo noir et modeste — un Bounty plutôt, disait Nina, encore une noix de coco : noir à l'extérieur mais au-dedans plus blanc que blanc.

Lorsqu'il passait sur le câble, Nina m'appelait et me disait : «Devine qui viendra s'incruster chez toi ce soir?» Elle apportait le thé glacé (un carafon thermos auquel nous ne toucherions pas) et la Miller (un pack entier, parfois deux), ainsi que les restes qu'elle récupérait chez Bruno's, son travail à la caisse terminé : de la charcuterie italienne, du homard sucré, des crevettes au piment. Elle est mignonne, Nina, un peu spéciale, c'est sûr, avec ses cheveux postiches blonds, ses faux ongles décorés d'étoiles et ses débardeurs trop courts, mais je l'aime bien et certains jours j'ai tant de regret de n'avoir pas eu une fille qu'à la regarder je m'apaise, mon chagrin s'évapore un peu dans la bière et les fous rires.

Je n'ai pas souhaité d'autre enfant. Je voulais que mon garçon ait toutes les chances, concentrer toutes mes forces sur lui — comme faisaient les autres mères dont les fils arrivaient. C'étaient les années soixante, les années enfant unique. Aaron était si fier de son fils qu'il lui suffisait, il suffisait à le rassurer et le réjouir. Et j'ai gagné mon pari. Nous avons réussi, Aaron et moi : notre fils a appartenu au grand monde, pas le grand monde idiot et vain des magazines, non, le seul grand monde qui vaille, celui de la pensée, du progrès, de la création.

· ·

Le monde. Il y a ce mot imprononçable : demain.

Le monde de demain.

J'entends qu'il faut retourner sur Humanity Street, acheter tous les pains d'explosif et faire alors que crève, gueule ouverte, cette humanité pourrie jusqu'à l'os.

. . . .

Je me moquais et j'aurais dû me méfier : le soir où Caryl est venu dîner avec son Géorgien, j'ai tout de suite compris que la honte serait sur moi au moins autant que sur les parents blancs du film. Qu'elle serait pire pour moi, évidemment. Mon fils tenait ostensiblement par la nuque cet échalas roux et anémique qui venait d'être reçu au barreau d'Atlanta. Ils s'étaient rencontrés dans un cours facultatif qu'ils avaient en commun sur l'histoire des droits des minorités.

J'aurais dû le savoir. J'aurais dû deviner — non, je ne parle plus du film blanc bien-pensant avec le beau gosse noir d'Hollywood —, j'aurais pu imaginer que l'engouement de Caryl pour cet obscur Bayard Rustin avait une raison autre que littéraire ou historique, un aiguillon bien précis chez lui. Mais je n'ai posé aucune question à mon fils adolescent, j'ai voulu voir la ferveur politique et rien d'autre car j'étais fière de cette flamme en lui, et, pour n'avoir pas posé les bonnes questions, j'ai été punie, humiliée, surtout j'ai raté le moment, le virage où peut-être j'aurais pu faire que le destin s'infléchisse.

Je m'étais trompée de flamme.

Nina me disait de ne pas regretter, que les grandes données humaines comme le désir, la haine ou la jalousie ne se combattent pas : «Auntie! On ne change pas les rayures du zèbre. On peut dissimuler sa robe sous une couverture d'or, les rayures sont là, noir et blanc, elles demeurent, blanc et noir.»

J'avais mal à la tête, le front si lourd. «Qu'est-ce que tu racontes encore, Nina? De quoi parles-tu?»

«Je dis... je dis "le singe reste un singe". C'est tout ce que je sais, Auntie Zola.»

Nina, il faut s'y faire : ses références animalières, ses images d'un tel raffinement et ses cris d'effroi lorsqu'elle voit un steak bien rouge et grésillant dans une assiette : «*Meat is murder!*» avant de le dévorer. Une question d'habitude, comme elle dit.

J'ai faim. J'ai si faim. Les dernières Miller dans le chevet m'ont tourné la tête mais pas nourrie.

. . . .

Le flot s'est calmé, comme assommé de chaleur lui aussi. Dans l'eau stagnante où dérivent les nappes irisées de gasoil et d'essence, sur l'étendue grise et grasse, une ombre verte sinue. Des algues? Une couleuvre, plutôt. Et puis non, à mieux y regarder, c'est juste un pochon, un sachet vert à l'enseigne d'une boutique :

The Herb

Natural Organic Store

Quelqu'un voulait sans doute mener une vie meilleure, plus proche de la nature. Quelqu'un à qui la nature aura répondu sans ménagement.

Depuis mon affrontement avec les secouristes — l'afflux d'angoisse qu'elle a dû éponger —, Lady est secouée de frissons et ne me lâche plus des yeux : elle s'empêche de dormir, dodeline de la tête, ses paupières tombent, elle pique du museau sur la courtepointe puis, au dernier moment, juste avant de sombrer, elle rouvre un œil ourlé de rose et dresse les oreilles — la gauche d'abord, la droite ensuite, toujours dans cet ordre —, elle affûte ses yeux en amande, bâille à pleine gueule puis quoaille sans bouger du lit. «Tu te rends compte, Lady? Le président viendrait par les airs nous sauver. C'est le bon Dieu, au moins. Vous avez ce genre de messie, vous, dans la république des chiens? Vous faites les mêmes conneries que nous? Vous êtes quoi, dans vos choix de soumission : plutôt tendance Dingo, Snoopy ou Droopy? Bush Jr. arrive! Hosanna, au plus haut des cieux!»

Comme j'éclate de rire, la chienne se redresse en commençant par les pattes arrière et agite la queue de plus belle. Elle aboie enfin, longuement, sur tous les tons, elle vocalise de joie elle aussi car c'est bon de participer au bruit et sa maîtresse a le rire communicatif.

Si j'ai eu du mal à le reconnaître, le secouriste Baldwin, du mal à accepter que ce fût lui, mon ancien élève, c'est à cause des cheveux blancs. Comment se faire à cette idée? Un élève à moi... Hier encore Lamarr était un enfant. Aujourd'hui il serait cet homme grisonnant marqué par les ans, avec sur la figure les traits qui ne trompent pas du malheur encaissé. Qui suis-je, moi, dans tout ça? C'est la faute à ce métier aussi, qui fait que de toute sa vie on ne quitte jamais l'école et que peut-être on n'est jamais adulte. Aaron m'a toujours parlé comme à une adolescente ombrageuse que l'on ménagerait pour lui épargner les durs ressorts du réel.

Si c'était à refaire, je quitterais l'école.

Si c'était à refaire, je prendrais mon fils nouveau-né dans mes bras et le premier bus pour New York.

Ah   pardon Aaron   pardon   tu fus si bon   oui j'aurais aimé essayer New York mais toi non   j'ai respecté j'ai respecté et j'ai été l'épouse que je pouvais   mais quelque chose me dit comme une voix qui hante comme une intolérable sanction   quelque chose me dit que Caryl à New York ne serait jamais mort   au nord Caryl aurait vécu il aurait vaincu et connu le bonheur   toutes ces choses   toutes ces choses pas pour nous   pardon Aaron   Il est si tard à présent et rien ne prouve que tu sois en mesure d'écouter   Je peux dire ce que je veux   toutes les saloperies que je veux   c'est juste sur moi que ça retombe   c'est juste moi que ça salit

. . . .

Plusieurs scooters des mers soudain se pressaient à notre carrefour, avec beaucoup de bruit et de gerbes d'écume, comme si l'humeur était à jouer, à faire la course, des tours de manège ou des acrobaties. Des flashes crépitaient, superflus sous le ciel blanc. D'un engin à l'autre, ils s'interpellaient, les paparazzis, les caméramans.

Il est arrivé à pied par Carnot Street, s'aidant des bras pour avancer dans l'eau : elle lui arrivait à la poitrine et, comme c'est un acteur tout petit, je me suis dit que la décrue avait commencé.

Un petit mec blanc émacié, tout sec, tout nerveux, un rebelle, disent les journaux, mais pas un méchant, ajoutent-ils, sans doute pour faire oublier ses inculpations pour violences conjugales, c'était il y a longtemps, il avait un succès fou auprès des femmes et son épouse d'alors était elle-même un sex-symbol sulfureux, comment s'appelle-t-il déjà ?... Son nom m'échappe, je l'ai sur le bout de la langue (un nom chagrin, souffreteux...) mais j'ai tout de suite reconnu sa gueule taillée à coups de serpe.

On dit qu'il est excellent, l'un des meilleurs de sa génération, et je veux bien le croire sauf que je n'ai jamais pu voir aucun de ses films, ni à la télé ni dans les cinémas du centre-ville.

Il a reçu l'Oscar l'an dernier, je crois, mais il n'est pas bien beau ni élégant pour un lauréat. Le monde change. James Dean, Sidney Poitier, Montgomery Clift, Robert Mitchum, ces acteurs-là vous remuaient non seulement pour leur beauté plastique mais aussi et surtout parce qu'ils possédaient l'art sorcier de faire passer dans leurs yeux des nuages et des reflets d'eaux troubles.

L'acteur a franchi le perron de la maison Grant, pour en ressortir quelques instants plus tard une fillette dans les bras. (Laquelle est-ce? *Le docteur March avait quatre filles* et le policier Grant en a six qui se suivent de si près que l'on se demande comment un petit chromosome mâle n'a pas réussi à se faufiler, à la grande tristesse du père qui enchaîne dépressions et tentatives de suicide.) Sur leurs scooters, les cadreurs se rapprochaient, les photographes aussi, au ralenti et en sourdine jusqu'à former un demi-cercle : j'attendais les alligators et, ma foi, ils étaient là. Tout le monde doit manger. Ceux-là ne mangent que la chair riche et célèbre.

L'acteur cerné est devenu rouge, les veines à son cou et ses tempes se sont engorgées. «Est-ce que je ne peux pas être un homme? hurlait-il, la gamine toujours dans ses bras, effarée. Est-ce que je n'ai pas le droit aujourd'hui d'être un homme comme les autres? un homme qui vient en aide à son prochain? Foutez-moi la paix!» Il commença à proférer des menaces mais s'arrêta au milieu de sa phrase, comme écrasé de fatigue.

Entre-temps, son équipe l'avait rejoint dans un bateau blanc à coque fuselée et large pare-brise, étonnamment luxueux, déplacé et dangereux sur une eau dont on ignore les fonds.

À bord du petit bateau de plaisance, on distingue trois

silhouettes masculines, le pilote à son poste, un homme en blouse verte — peut-être un infirmier, peut-être un médecin —, un troisième tenant en main une caméra d'apparence légère.

Depuis les fenêtres du Coréen, on entend un cri de liesse, *Sean! Sean!*, le nom de l'acteur enfin retrouvé, porté par les voix amoureuses de l'épouse et des filles du Coréen. Oui, c'est vraiment un homme adulé des femmes.

Il tend la fillette aux bras de l'homme en blouse verte qui l'entoure d'une couverture argentée et la place sur une civière. Enfin il se hisse dans le hors-bord à la seule force des bras. Trempé jusqu'à l'os, il paraît encore plus maigre, pourtant, petit et chétif. Un chat famélique.

La force devait lui venir des nerfs, me suis-je dit. Ou d'une volonté extraordinaire.

La vedette blanche avance à bas régime parmi les débris ménagers et les épaves qui piègent partout l'eau couleur de réglisse. (Aaron aurait traduit : «couleur de merde et de pisse».) Depuis que le courant s'est calmé, on ne dirait plus vraiment une ville, un quartier, un carrefour : on dirait une décharge flottante.

«La situation empire, madame, on dit... C'est quoi votre prénom, madame?... Zola, on dit que de nouvelles brèches sont apparues sur les digues du canal de la 17e Rue, on dit qu'elles ne vont plus résister longtemps. Il faut venir avec moi, Zola, sauver votre peau.»

M'auraient-ils envoyé l'acteur d'Hollywood pour me séduire et me soumettre? Pensant peut-être que je rêvais d'être prise dans ses bras? Qu'à l'appel de ses bras une vieille femme comme moi ne résisterait plus?

« Votre chienne ? Je ne sais pas. Je vais demander, Zola, j'interroge mon équipe tout de suite. »

Les têtes du pilote et de l'homme en blouse verte faisaient non, non, non. L'acteur tournait en rond, haussait les épaules, levait les poings au ciel. Je n'entendais rien des négociations : les voix étaient couvertes par une nouvelle furia héliportée, celle des télévisions alertées que l'acteur menait seul une opération de secours. Reporters et pilotes en oubliaient toute prudence, les engins menaçaient de se percuter, les pales de s'entremêler ; c'était comme des millions de frelons en nuages sur nos têtes. La terreur crue des projecteurs balayait l'espace pour nous révéler avec une précision millimétrique ce que nos yeux seuls n'auraient pu embrasser, l'immensité du chaos et surtout son caractère irréparable. Alors oui, à cette minute, vraiment, la panique m'a prise.

L'acteur me hélait sur le pont et brandissait les pouces en signe de victoire. Un large sourire le transfigurait et j'ai compris d'un coup tout son charme.

Étaient-ce mes mains qui tremblaient, ou le vacarme au-dehors, ce désastre ajouté au désastre ? Lady m'a échappé, elle a poussé un cri aigu quand je l'ai rattrapée dans le couloir — sa tête brûlante tremblait elle aussi, si fort dans mes mains, ses yeux noirs imploraient si fort un salut.

L'acteur s'impatientait : « Venez maintenant. N'ayez pas peur. Et faites confiance à votre chienne pour vous suivre. S'il le faut, j'irai moi-même la chercher. »

Il me tend la main. L'odeur de l'eau me lève le cœur — poubelles, cadavres. Il est si loin de moi. Comment pourrais-je atteindre sa main ? Le bateau ne peut s'approcher plus sans s'encastrer dans le porche. Il faudrait que je glisse dans l'eau. Il me repêcherait, c'est promis. Les caméras enregistrent qu'il me tend la main. Elles enregistrent donc aussi ma lâcheté.

Je dis : « Non, saisissez ma chienne d'abord, et c'est moi qui suivrai. »

Je tiens Lady effrayée par le col, elle recule, essaie de se libérer de la prise, geint, supplie, « Laisse-toi faire », dis-je, je supplie à mon tour, « Laisse-moi faire, je ne t'abandonne pas, je te sauve ». Je la pousse devant moi, et, à bout de forces, j'essaie de la porter à hauteur de la fenêtre. C'est difficile, c'est devenu périlleux car Lady a si peur, Lady qui aimait tant nager dans le delta tranquille, Lady meurt de peur devant le marigot puant qui a recouvert son jardin de toujours, qui a effacé les odeurs et les traces familières, ici le passage des rats musqués, là les nids de colibris, là encore sa réserve d'os pour l'hiver... Enfin, d'un coup sec qui lui arrache un râle de douleur, elle se dégage de son collier et court se rencogner, grelottante, à l'autre bout de la pièce.

L'acteur, furieux : « On n'y arrivera pas. Pas comme ça. Zola ? Regardez-moi. Il faut prendre une décision. Il s'agit de sauver votre peau d'abord. »

Les mouches valent de vivre, nos atroces moustiques valent de vivre, vous les haïssez, Mr Sean, vous croyez déjà à l'épidémie, on vous a dit de craindre les mouches et tous les insectes piqueurs.

Les vaches coulent à pic, les génisses se débattent encore, luttent encore, meuglent encore. Les jeunes veaux flottent, si pâles, leur tête alanguie sur l'oreiller d'eau, et les chevaux, pattes raidies, sombrent en faisant leurs yeux de fou, les juments et les poulains retroussent leurs lèvres comme s'ils allaient partir d'un grand rire grotesque, mais vous n'avez rien à faire des poulains ni des pouliches, Mr Sean, vous n'avez plus assez de cœur pour vous en soucier, ou alors un cœur si endurci, si pétri de la vanité

95

d'être homme, que vous nous croyez au-dessus du lot, tout en haut de la pyramide de ce règne animal, et vous n'avez pas un regard à perdre sur les degrés inférieurs.

Il me tourne le dos. Il serre sa tête entre ses mains pour ne plus entendre le bruit des engins, les cris.

C'est la fille Grant qui s'est mise à hurler qu'elle ne veut pas de chien à bord, la pauvre gamine n'a plus toute sa tête, elle dit qu'elle se jettera à l'eau plutôt que d'être égorgée par une bête, et personne ne peut la raisonner, elle est violette, secouée de spasmes, l'écume aux lèvres, «Elle va convulser... s'affole l'homme en blouse verte. Elle convulse».

L'acteur interroge l'homme vert à bord, je le vois agiter les mains puis écarter les bras, à bout d'arguments. Il se retourne vers moi et secoue la tête. «Désolé, ils ne veulent pas de la chienne. Plus dans ces conditions.» À cause du bruit des hélicos, il a dû reprendre son porte-voix : «Zola, je vous jure que si vous montez à bord, je reviendrai chercher Baby. Je vous le jure sur ma tête.»

Et moi : «Ma chienne n'est pas un bébé, elle s'appelle Lady, et je ne l'abandonnerai pas dans la maison qui sombre. Que ferez-vous de nous? Les refuges ne prennent pas les animaux. Que ferez-vous d'elle? Vous la mettrez en fourrière où elle n'aura qu'à attendre qu'on la pique. C'est ça qui l'attend. Qui nous attend.»

Et lui, tandis que son hors-bord redémarrait et lentement s'éloignait : «Je reviendrai, Zola, je vous le jure, avec ce bateau ou un autre je reviendrai demain à la première heure et j'aurai trouvé une solution pour vous deux. Tenez bon. Soyez vigilante. Surtout, ne vous endormez pas.»

Je l'ai vu se frotter les yeux avec ses poings puis s'effondrer sur une banquette, les épaules basses, comme s'il ressentait enfin la chaleur.

Laissez-moi. J'ai déjà demandé qu'on me laisse. J'attends la décrue. Elle viendra. Aussi vrai qu'un jour j'aurai la chance de vous voir à l'écran, Mr Sean, et j'espère bien encore être vivante le jour où l'on vous remettra, qui sait ? un deuxième, un troisième Oscar, et j'applaudirai ce jour-là dans ma maison retrouvée, devant ma télévision retrouvée, avec sur mes genoux Lady et, qui sait ? une couvée de Lady. D'ici là ce seront peut-être même des petits-enfants de Lady.

Oh ! Mr Sean, je crois que je vais mourir là, dans ma chambre d'eau, comme une petite fille dans son bain se noie pour un rien.

On nous l'avait promis. Juré. Que les nouveaux ouvrages jamais ne céderaient. Solides comme le roc. Plus forts encore que le barrage Hoover — un rempart infrangible. On nous l'avait promis et bêtement j'y ai cru. Zola ! sois maudite ! Zola, tu étais mère, comment as-tu pu t'aveugler à ce point ?... Mon enfant est loin depuis longtemps. Dieu merci, mon enfant vit au loin. Au nord. Mon enfant a préféré le froid où jamais la sueur ne trahit en auréoles fautives sous les bras.

*

Il avait raison, ce pays sous la mer ne vaut rien. Nos métiers ne valent rien. Nos maisons de bois ne valent rien. Comment nous voient-ils, les autres, là-haut, dans leurs hélicos, et comment nous voient-ils, les autres, au nord, devant leurs postes de télévision ? Je le sais, j'ai déjà eu sous les yeux des prises de vues aériennes du quartier. Des fourmis, nous sommes des fourmis noires prises au piège d'une boîte d'allumettes blanches.

Mais ce piège est le mien, c'est là que je vis, c'est ma maison, mon cabanon, je n'ai qu'elle, elle et Lady. Nous n'avons qu'elle, Lady et moi, et rien ni personne ne nous en chassera.

*

On n'a jamais revu l'acteur. Ni lui ni sa vedette.

(Quelques semaines plus tard, devant les caméras d'un divertissement télévisé, il demandera à l'animateur monté sur ressorts un instant de sérieux et déclarera : «Vous vous rendez compte ? L'église du quartier s'appelait Noah's Ark Church. L'église de l'Arche de Noé. Quelle ironie. »

Si sympathique, si touchant avec ses rides précoces, ses joues creuses et ses boots à talons épais. Avec quand même une tête pas possible, à avoir tué sa grand-mère à coups de tisonnier.)

1992

Il faisait si beau ce 15 août-là, je m'en souviens sans hésiter parce que c'était le jour de mes cinquante ans — mais ce n'est pas mon jubilé que je fêtais : la thèse de Caryl venait de paraître et il me l'apportait toute fraîche — toute chaude, plutôt — sortie des presses. La couverture noir et blanc, modeste, affichait la photographie d'un homme à lunettes épaisses, grisonnant, vêtu sobrement d'un veston, d'une chemise blanche et d'une cravate sombre.

Bayard Rustin
ou le redoublement minoritaire
Essai

Au dos de la couverture on lisait :

«Bayard Rustin, sans doute ce nom ne vous dit-il rien. Rustin fut pourtant l'un des plus grands hommes de pensée et d'action dans notre siècle.

Un Américain debout.

L'homme de l'ombre, le vrai penseur et architecte de

la lutte pour les droits civiques — mais tenu à l'écart, loin des projecteurs, parce que la NAACP savait Rustin homosexuel et en profita pour minimiser son action logistique et son rôle prédominant au sein de la lutte. La marche sur Washington, c'est Bayard Rustin entièrement. Il avait fait minuter le parcours. Au kilomètre près, chacun des bénévoles du service d'ordre savait exactement quoi faire, quels écueils éviter...

Dans le sillage de Gandhi, Rustin apporta au mouvement le principe essentiel de résistance non violente.

Aux premières accusations d'homosexualité que la police fit tomber sur Rustin en répandant la rumeur que King et lui avaient une relation indécente, le grand Luther King lâcha celui auquel il devait tout.

Lui qui avait été l'éminence grise du mouvement en fut écarté sans appel.

Voici que l'histoire récente lui rend justice enfin, grâce à Caryl Jackson qui a longuement enquêté sur cet homme politique hors du commun, au courage sans égal.

Caryl Jackson, né en 1965 à La Nouvelle-Orléans, est titulaire d'un doctorat d'histoire contemporaine. Il enseigne et vit à Atlanta. »

Ce 15 août-là, il faisait beau et c'était mes cinquante ans. J'avais entre les mains le plus beau cadeau dont une mère puisse rêver : la thèse imprimée de mon fils. Imprimée et brochée et publiée par un vrai éditeur.

Troy avait apporté deux bouteilles de champagne français. Je crois bien que j'en ai bu une à moi toute seule. On sirotait dans l'ombre du porche et le parfum riche des glycines. J'étais jeune encore, j'avais la forme.

Tout était beau, tout allait bien. Jusqu'à cette écharde glissée sous les propos banals...

«Et maintenant que vas-tu faire?»

«On m'offre une chaire à Harvard mais je vais refuser.»

«On... On t'offre quoi?»

«Une chaire à Harvard. J'ai décliné.»

«Est-ce bien mon fils que j'entends là? Mon fils fier et conquérant?»

«Mom, je préfère rester à Atlanta.»

«Mais pourquoi Atlanta? Ce trou du cul sudiste? Y a-t-il seulement une chaire d'histoire là-bas?»

«Mom, je veux rester à Atlanta. J'ai accepté un poste dans un lycée public. Ils ont de bons résultats.»

«Tu ne vas pas... Caryl! Écoute-moi! Tu ne peux pas gâcher ta vie pour quelqu'un. Personne ne vaut ça. Tu ne vas pas refuser la meilleure université au monde?»

«Ma petite Mom, mon choix est fait.»

«Réveille-toi, Caryl! Atlanta, c'est rien. Et tu resteras juste... rien. Tu veux vraiment enseigner à des voyous défoncés dès le matin? Fais. Va.»

Je me souviens de m'être levée alors, les poings douloureux dans les poches de ma robe; et j'entends encore les mots que j'ai dits.

«Va, maintenant. Je t'ai assez vu pour l'année. Tu passeras Thanksgiving à Atlanta. Noël aussi, pendant que tu y es. C'est si bien, Atlanta.»

Les yeux verts étaient noyés derrière les lunettes. Sa voix m'a fait tant de peine.

«Mom, ne fais pas ça, s'il te plaît.»

Je suis rentrée dans ma maison et, la porte refermée, j'ai glissé au sol et j'ai pleuré.

Plus tard, Nina est passée avec un soupirant. Lorsqu'elle a vu ma tête, elle a envoyé le fiancé faire une course à l'autre bout du quartier.

«J'ai honte pour toi, ma tante. Ce que tu as fait là, ça n'a pas de nom.»

Et moi : «Je ne l'ai pas élevé dans l'exigence pour qu'il reste connement attaché à ce sale...»

Nina : «Oh, tu peux dire le mot, ça ne me choquera pas. Ça te fera juste un mal immense.»

Moi : «Non, je t'assure, je m'y suis faite... à ça. Qu'il soit comme ça. Je me suis inquiétée pour lui, car les hommes comme lui n'ont pas la vie facile dans ce pays. Ceux qui ont de la chance partent en Europe.»

Elle : «Tu parles d'un autre temps, Zola.»

Moi : «Je suis d'un autre temps. Et c'est vrai aussi que je n'ai jamais encadré Troy. Un autre que lui, peut-être. Pas lui.»

Nina : «Avec un autre, ç'aurait été pareil. Avec un garçon noir, ç'aurait été pareil. Tu le sais. Tu veux la vérité?»

Moi : «Au point de sagacité où tu en es, vas-y; explique-moi la vie.»

Nina, toute sérieuse, alors : «Avec une femme, ç'aurait été pareil, une Blanche, une Noire, une Jaune, une Latino. Ç'aurait été pareil. Tu ne supportais pas si mal que ton fils préfère les hommes, comme un sort qui lui serait tombé sur la tête en même temps que les yeux verts et le QI d'exception. Tu l'aurais accepté, à cette condition près qu'il ne soit pas pratiquant. Voilà la vérité, Auntie Zola. Désolée si je te choque.»

Comment me choquer et m'apprendre sur moi-même ce que j'ai passé des milliers de nuits à ressasser? «Moi, je voulais juste que mon fils enseigne à Princeton ou Harvard, qu'il forme les futurs présidents et les futurs Nobel. Qu'il ait cette charge et cet honneur.»

Nina est partie d'un grand rire qui la faisait rebondir sur le canapé. «Auntie Zola, je te connais assez pour savoir qu'au secret de ton cœur, c'est ton fils que tu vois devenir président ou au moins prix Nobel. C'est lui que tu vois obtenir cette charge ou cet honneur.»

. . . .

Étais-je si laide, si noire à ses yeux mêmes, que mon fils a fui toute femme et jusqu'à ma couleur?

Étais-je si méchante, si mauvaise et injuste que l'amour des femmes l'a terrorisé? Étais-je si douce, au contraire, si tendre et complice avec lui que l'amour des femmes lui a paru acquis et de la sorte inconsistant, sans enjeu, insipide?

Suis-je un monstre? Dis, Lady, suis-je un monstre?

Lady cligne des yeux comme si elle comptait les cannettes de Miller dans la chambre. Elle baisse les oreilles et sa queue hésitante n'en mène pas large.

Suis-je un monstre? T'ai-je dit, Lady, que Troy Machin-chose était un grand héritier de... la famille Chose? Une famille progressiste, tu sais, une famille du dernier chic qui ne pense qu'au bien des familles... comme la nôtre.

Étais-je si laide de corps et d'esprit? Si dégoûtante comme femme et comme lignée qu'il lui a fallu rejeter l'idée de se reproduire lui, héritier de mes tares?

Lady tremblait à nouveau.

Splash! fit la Miller dégoupillée. J'en bus une gorgée, puis deux, puis trois. Et je sentis mon corps s'affaisser sur le côté. La Miller s'en fut mouiller un peu plus le matelas et les oreillers trempés.

Le piège

Y avait cinq marches à mon perron
Et quatre filles à la succession March
Y avait trois lanciers au Bengale
Mais le facteur sonna deux fois
Pour me dire « Votre fils est mort »

1995, mars

Troy a rapporté les affaires de Caryl sanglées à l'arrière du pick-up. Lorsqu'il a soulevé la bâche, j'ai vu les trois cantines en métal et une grosse vingtaine de cartons de livres ainsi que des caisses pour les disques. «Ça tient là-dedans, une existence de vingt-neuf années? Tout est contenu là?» Il a haussé les épaules et soupiré : «Trente ans. Il aurait eu trente ans hier.»

Et moi : «Je sais bien, Troy. Je n'ai pas envie de partager ce moment avec vous. Je préfère être seule. Gardez les livres. Gardez les vêtements et la musique. Gardez tout. Je veux juste mes lettres et sa chaîne en or avec la croix. La croix en or de ses quinze ans.»

Troy rougit, il cligne des yeux avant de détourner le

regard. De deux doigts tremblants, il déboutonne son polo noir et je reconnais à son cou la chaîne, la croix et la plaque d'identité.

Je crois que ma voix aussi a tremblé. «Garde-la, elle est à toi. Ce n'est que justice que tu l'aies.» Derrière les lunettes cerclées, les yeux de Troy clignent plus vite. «Je ne peux pas la garder. Plus maintenant.» De ses doigts gourds et nerveux, il cherche la fibule de la chaîne, la décroche. Il ébauche le geste de me la passer au cou, mais je raidis la nuque et recule. J'ai ouvert la main où Troy laisse lentement couler la chaîne tel un filet de sable froid.

«Pardon», ai-je dit en refermant ma paume sur ce pauvre trésor, ces quelques grammes de métal doré qui, pour deux êtres endeuillés, revêtaient le poids merveilleux de l'amour soustrait.

«Pardon, je ne sais pas être autrement avec toi. Tout contact m'est impossible, toute intimité. J'ai accepté de t'embrasser quatre fois par an pour ne pas faire de peine à mon fils. Cela me révulsait. Maintenant qu'il est mort, nous ne sommes plus tenus de rien, n'est-ce pas? Plus de cinéma, plus d'obligations diplomatiques.»

Lui, alors, dans un murmure : «Mais moi, je vous aime vraiment bien et... ça ne me répugnait pas, moi, de vous serrer dans mes bras.»

Moi : «Pitié, ne rends pas les choses plus difficiles. Je sais bien ton histoire. Je sais tout. Caryl ne me cachait rien. Mais je n'aurais jamais pu être ta mère morte. Tu es assez intelligent pour le comprendre, pour le sentir au moins.»

Troy ne bougeait pas, interdit, il basculait d'un pied sur l'autre, sans croire ce qu'il entendait.

J'ai forcé le trait : «Tu es révoltant avec ton insistance à être aimé. Tu me fais penser à un chiot. Tu crois que c'est ton dû, l'amour des autres?»

Il a fini par sentir contre sa main la truffe de Lady qui depuis plusieurs minutes sollicitait une caresse. «Un chiot», reprend-il en glissant à genoux. Il ôte ses lunettes, enfouit sa tête dans le pelage de la chienne. Lady a fermé les yeux, comme si vraiment elle écoutait les mots chuchotés à son oreille. Je rentre dans ma cuisine d'où je les regarde, le temps que le café passe, immobiles et enlacés de longues minutes encore.

Que sait-on de son enfant? Mon fils, c'était ma raison, c'était ma maison, c'était mon château.

Je n'ai pas ressenti ces choses qu'on dit, la chair de ma chair, les liens du sang : je pouvais nettoyer ses blessures et recoudre ses plaies sans que ma main tremble. Sans peur et sans dégoût, pensant juste à lui faire le moins mal possible. Les médecins n'avaient mis que trois jours à découvrir la vérité, un jour de plus pour me l'annoncer : «Un cancer foudroyant, madame, qui a déjà colonisé tout son corps.» Les toubibs ont des mots si étranges parfois, des métaphores saugrenues comme s'il s'agissait, par des excentricités de vocabulaire, de faire diversion à votre peine et à leur angoisse. L'image suivante ne me poserait aucune difficulté : «Il faut empêcher la douleur d'irradier.» Ce médecin qui parlait en se nouant les doigts n'était pas plus vieux que mon fils et avait comme lui une belle voix basse et douce. «Je veux bien qu'il meure, ajoutait la voix à peine audible, mais je ne veux pas qu'il souffre. On va tous s'y employer ici.» J'ai hoché la tête et j'ai dit «Oui, on va s'y employer tous».

J'ai refusé l'hospitalité de Troy et loué un studio meublé au centre d'Atlanta, dans les parages de l'hôpital.

Tout le monde a cru (tout mon monde et c'est vite fait : ma nièce Nina, la femme haïtienne du Coréen, les commères du quartier et le père LaRoche qui priait pour Caryl), ces quelques-uns ont cru que j'allais m'écrouler (quoi?... me rouler par terre, peut-être?... m'arracher les cheveux et me griffer le visage comme les possédées des tragédies antiques?), tandis que j'étais debout et prête à en découdre, dressée contre chaque offensive de la douleur dans le corps de mon fils.

D'autres femmes, elles tiennent de grands discours sur leur chair et leur sang reproduits, mais elles s'évanouissent dans ces moments délicats. Moi non. J'ai accepté la fin horrible et je l'ai lavé, je l'ai nourri, je l'ai réchauffé. J'ai accepté sa maigreur, sa laideur, la tête de mort qui ne tarda pas à se dessiner en transparence sous la peau grise tendue sur les os.

Je retenais chaque seconde, dans l'espoir de sauver un souffle, de sauver une parole, de faire briller une dernière fois un beau sourire.

Et plus je voulais retenir, plus je le serrais entre mes bras, plus le château s'affaissait, glissait sous mes doigts, échappait à mon étreinte et à la fin je n'ai plus étreint que du vide : à la fin, du sable froid et des cendres.

C'est Troy qui, du haut de son mètre quatre-vingt-dix, s'effondra. Bien sûr, il m'attendrissait ou, disons, il me faisait pitié, j'avais honte de l'abandonner seul dans sa maison — *leur maison, Zola, c'était alors leur maison* —, mais le voir souffrir ainsi et capituler, presque rendu à l'état de loque, menaçait mes propres forces; aussi je le fuyais, je l'ai évité les quatre semaines que dura l'agonie, prenant bien soin de quitter la chambre quelques minutes avant l'heure de sa visite. Parfois on se laissait des mots, des informations sur les incidents du jour ou de la nuit, les nouveaux médicaments, les nouveaux dosages de calmants. Certains matins, je trouvais des mensonges écrits d'une main faussement enjouée :

«Bonne nouvelle, nuit presque complète et pas d'étouffement.»

Ou bien :

«Gros progrès. Il a mangé la moitié de son dîner.»

J'apprenais cinq minutes plus tard de la bouche de l'infirmière que ce n'était pas tout à fait vrai, il avait avalé deux cuillerées de compote, une de plus que la veille, il avait dormi deux heures d'un trait, là encore mieux que la veille, mais nous savions tous qu'il n'y avait aucun progrès à attendre, que les deux seules choses qui progressaient dans cette chambre c'était le mal et la détresse de Caryl dans ses rares plages de conscience, plages qui allaient devenir des éclairs, des sursauts de plus en plus espacés et brefs jusqu'à se réduire à de simples clignements d'yeux — *dieu*? Non merci! Merci la morphine, car soutenir son regard vert liquide, y lire l'imminence des adieux et sa bonté encore, la douceur de mon fils m'était la pire torture.

Et moi aussi je mentais sur un billet griffonné en tremblant :

«Troy, vous serez heureux d'apprendre qu'il est resté éveillé tout le jour et que nous avons pu parler et rire un peu. Il me fait vous dire de vous reposer, que vous avez mauvaise mine.»

Ou bien :

«Ne vous effrayez pas, Troy, à la vue du nouvel appareillage, il n'est que provisoire et l'aide à respirer le temps qu'une petite infection se résorbe.»

J'ignore ce qu'il a fait des miens, mais j'ai gardé tous ces mots de Troy dans la grande enveloppe kraft avec les coupures de presse (les articles du *Picayune* signalant les succès scolaires de Caryl, la parution de sa thèse et sa notice nécrologique, des éloges nationaux aussi, publiés dans les revues des grandes universités) ainsi que l'original de chaque diplôme qui toujours me revenait. J'évite d'ouvrir l'enveloppe. Je me l'interdis mais il y a toujours un soir, plus solitaire et cruel que les autres, où je lève l'interdiction.

. . . .

Le lendemain, jeudi, je crois, aucune embarcation n'est revenue. Le quartier était vide de vie, silencieux comme un lac de volcan. Tout le monde avait été évacué. On nous oublie, Lady. Je crois bien que nous avons été rayées, gommées du programme. La chaleur avait encore grimpé de quelques degrés après une nuit sans air.

Au loin, soulignant le silence, seuls deux hélicoptères montaient en direction de Pontchartrain, des sacs de sable suspendus à leur carlingue. Sur les brèches de béton, ils lâchaient leurs sacs en espérant les combler, j'imagine. Autant écoper l'océan avec un dé à coudre.

Est-ce à cause de la distance, ou bien un effet d'optique propre à la chaleur qui fige tout dans le ciel chauffé à blanc ? Peut-être ces deux raisons à la fois : comme saisis de torpeur, les engins semblaient tourner au ralenti, sans plus croire à leur mission — le cœur n'y était plus ni l'esprit de vaincre.

Elles ont cédé à peu près en même temps. Deux digues d'un coup. Sur London Avenue et sur la 17e Rue, comme l'avaient prédit Lamarr et l'acteur.

Il n'a fallu qu'une poignée de secondes. Sans un répit, sans un sursis entre le fracas à mes oreilles et le jaillissement des eaux, le flot s'engouffrait par la fenêtre ouverte, submergeant le lit, la commode, recouvrant tout. J'ai attrapé la chaise à mon chevet et j'ai tiré la trappe du grenier. La frêle échelle d'aluminium s'est dépliée en accordéon. J'ai pris Lady dans mes bras — qu'elle était lourde, mon Dieu. Terrifiée, elle moulinait l'air et l'eau de ses quatre pattes, je l'ai écrasée contre l'échelle si légère — «Ne la casse pas, pitié, ma chienne, ne la casse pas» — et enfin Lady a compris, posé en dérapant ses pattes arrière puis celles de devant, je l'ai poussée au cul et elle a grimpé les quelques degrés puis sauté dans le grenier où je l'ai suivie.

C'est comme monter dans son propre cercueil, Zola, et ton cercueil est déjà au ciel. Les anges t'appellent de leurs voix de castrats, n'entends-tu pas? En refermant la trappe, j'eus à peine un regard pour ma chambre noyée d'une eau noire et pestilentielle.

Et j'ai pensé que jamais je ne reverrais cette chambre, plus jamais le couvre-lit indien, plus jamais le réveille-matin qui avait rythmé toute ma vie et plus jamais la photo de mon fils si beau, si radieux ce jour-là, le très grand jour de la remise des diplômes.

Que je crèverais et me décomposerais sur la décharge flottante.

Seule la chienne pouvait tenir debout sous le faîtage si bas. Moi, je n'aurais le choix qu'entre ramper ou avancer à genoux. Grenier mieux clos qu'un coffre-fort. Blindé dans un bois si lourd, si serré, que l'ouragan n'a même pas disjoint deux liteaux. Grenier comme un four à plein régime.

J'ai tout de suite cherché une faille, un endroit par où faire entrer l'air mais le toit était parfaitement hermétique et compact : ce n'est pas à mains nues, encore moins de mes ongles ébréchés, que je parviendrais à arracher les épaisseurs de lambris et de madriers entrecroisés. Bravo, Aaron. Du beau travail, cher monsieur. Cette forteresse que la pire tempête de tous les temps n'avait pu entamer, comment pourrais-je, moi seule, y creuser une ouverture?

Le plancher était brûlant, assemblé dans un bois grossier hérissé d'éclisses où j'écorchais mes paumes et mes genoux vite en sang. À bout de souffle, les yeux piquants de sueur, je me suis allongée en essayant de calmer ma respiration.

«Vous avez bien une hache, n'est-ce pas?», demandait avec une insistance anxieuse le neveu d'Anita. «Oui, oui, t'inquiète!», et je l'avais poussé gentiment vers la porte, sans pouvoir délibérer si le garçon avait toute sa tête ou s'il avait encore fumé de ces choses (poudres, herbes, cailloux) qui grillent les fusibles. Une hache! L'idée était plutôt de colmater, de boucher les fissures, de clouer toutes les planches qu'on trouvait aux fenêtres et aux portes!

C'est alors que je l'ai vue, soigneusement tenue par deux crochets à un pan de bois : un manche rouge surmonté d'une pièce d'acier aplatie et affûtée en son bord inférieur.

De la pulpe du pouce, timidement, j'effleurai le tranchant aiguisé aussi fin qu'une lame de rasoir. *Merci Aaron, merci mon tendre, mon bel époux à barbe blanche, mon compagnon de route.* La hache serrée à deux mains, j'essayais d'attaquer la toiture mais la hache était lourde, le bois trop dur et cette position à genoux, dos cassé en arrière, me privait de recul pour prendre mon élan, armer de force mes bras osseux. Tandis que l'angoisse grandissait avec la fatigue de ces efforts vains, j'ai remercié le Ciel pour m'attirer ses grâces, je l'ai félicité, qui avait mis sur mon chemin Aaron et pas un autre, Aaron qui m'avait prise comme j'étais, fille mère et sans famille car ma mère m'avait chassée dans la minute où elle apprenait ma grossesse, Aaron qui, sans frémir, avait regardé grandir ce fils ensemencé par un autre et qu'il avait juré de faire sien, un fils qui n'était pas seulement d'un autre, mais, si clair de peau, avec ses yeux verts, était aussi d'une autre race.

Une hache! Les hommes savent tant de choses qu'ils oublient de nous dire. Et nous, leurs femmes, on parle, on interroge, on prétend s'intéresser à ce qu'ils font sans nous, loin de nous, mais on oublie de poser les bonnes questions. Par exemple : que clouais-tu ce matin dans le grenier?

*

Mon enfant, on dirait que c'est l'heure. L'heure de te rejoindre, et je ne l'ai pas volée. Ça fait peur. Ça fait un bien fou. Délivre-moi, mon fils, délivre-moi du mal, délivre-moi de mes péchés, libère-moi de la peur, pardonne la bêtise, pardonne la jalousie, délivre-moi du poinçon de la haine, délivre-moi du goût amer des passions tristes — libère-moi de mon amour pour toi, délivre-moi. Car je te rejoins et je veux être pure sinon belle, la chaste Zola qui rendait fous tous les gars du quartier, l'inaccessible Zola... la vierge... l'intouchée... la fière Zola qui se donna à vingt-trois ans au premier Blanc venu, mais pas n'importe lequel, non, un militant anarchiste à cheveux roux, les yeux bleus, avec en travers du visage une balafre qui prenait de la tempe droite jusque sous l'oreille gauche.

Je ne t'ai jamais dit que ton père était roux. Je ne crois pas l'avoir précisé. Quand je t'ai vu aimer cet homme roux, quand j'ai vu qu'il t'aimait toi, j'ai ressenti un indicible et cuisant chagrin, comme si tu venais redoubler mon opprobre.

J'ai dit oui à ton père parce qu'il était beau comme les voyous blancs sont beaux, enjôleurs et doux.

On dirait que maintenant la raison va retrouver son dû, l'ordre biologique aussi.

La raison est fragile car la raison ne peut rien contre ceux qui nient son existence. Elle est sans armes devant ses détracteurs et perd toute éloquence face au plus illettré des fanatiques. Maintenant que Dieu a failli, la raison est seule à affronter la terreur du monde, seule jusqu'à souvent s'y perdre.

Le père LaRoche chante des exorcismes sur le toit de Saint-Augustin et c'est pour rien, en vain qu'il s'égosille : plus aucune ouaille ne lui répond depuis les abysses de la paroisse engloutie.

Lamarr m'a dit qu'il s'est encordé au clocher de l'église et guette l'Apocalypse en psalmodiant des mots d'effroi. « Je périrai avec mon temple, a crié la vigie aux sauveteurs. Dieu ait pitié de vous ! » Lamarr d'ajouter : « Ça faisait froid dans le dos. »

Il nous avait mariés, Aaron et moi. C'était alors un jeune prêtre enfiévré de sa mission. C'étaient aussi, il faut le dire, de grandes années d'espoir. On avait des projets pour le monde et pour nous-mêmes. Dans cet ordre ou dans l'autre.

J'imaginais le père LaRoche, visage carbonisé, crevant de soif et menacé d'inanition, tout enfiévré de désespoir. Un martyr attaché au mât d'un vaisseau fantôme. Ce matin, sa voix s'est tue elle aussi.

Ai-je des projets ? Des projets pour moi ? Je ne m'aime pas assez, ça ne m'intéresse pas. On a des projets pour ses enfants, peut-être. Les mener aux études, veiller à leur avenir, les marier, les assister lorsqu'eux-mêmes deviennent parents et, pour finir, leur laisser une maison, un petit pécule — de quoi s'acheter, eux, une maison plus grande et faire grossir le pécule pour leurs enfants...

Le repos avec toi, Lady, c'est qu'on ne fait pas de projets pour un chien. Pas besoin : c'est juste jour après jour. Dans la quiétude de la répétition.

Je pourrais peut-être faire une chose bien, tiens. Penser à ma nièce, l'adopter comme ma fille et l'arracher des bras de ces paumés dont elle s'entiche en série, tour à tour loubards, dépressifs, alcooliques, mais tous invariablement blêmes, mal rasés, teint pas net, cheveu gras — comme un atavisme blanc, dirait-on, comme s'il s'agissait de prolonger la mémoire de ces rois et reines du Vieux Monde qui, faute de se laver, se plâtraient la face de poudre et s'arrosaient de sent-bon. Pas vraiment des princes, les élus de Nina : sa prédilection ne lui vaut que larmes et humiliations.

Je devrais lui présenter MJ, fomenter cela avec miss Anita (oui, ma chienne, il faudra forcément en passer par elle, aussi ne lui grogne plus dessus)... Ils pourraient s'entendre, Nina et lui. Deux gentils planqués derrière des poses de durs à cuire : elle n'est pas plus dévergondée que lui n'est mauvais garçon. Ils sont pareils, orphelins tous les deux et n'ayant d'autre famille qu'une tante putative sans lien de sang avec eux. Je crois même qu'ils iraient bien ensemble, leurs «styles» comme dit Nina devraient s'accorder. Avec ses *french manucure* et ses extensions blondes, Nina apprécierait les tenues blanches immaculées de MJ, ses bagues en or et son crâne spectaculaire où la tondeuse a taillé des labyrinthes anglais : je les vois tous deux, amoureux et rieurs, rouler dans la décapotable (blanche, elle aussi, à sièges de cuir ivoire), ce bastringue ambulant qui hurle sa musique à réveiller les morts du cimetière voisin.

Je peux toujours me moquer des goûts de Nina. Qu'avais-je moi-même à courir après cet étudiant mélancolique, pâle et rosé comme une porcelaine?... quand c'est lui qui me brisa.

*

Je sais que Nina est triste. Que son cousin adoré lui manque. Que ce manque et cet indécollable chagrin la révoltent. Je sais aussi que le jour où Nina aura un fils, elle l'appellera Caryl. Et ce ne sera plus en mémoire du condamné à mort Chessman ni en protestation de la peine capitale. Ce sera juste le fait de l'amour. Du beau souvenir de l'amour.

Et puis il y a les matins, chaque matin ou presque, quand mon corps abandonne.

En pensée, un autre corps se dresse, déterminé, vaillant, un corps qui va.

Ce corps-là n'a pas une hésitation, il poursuit juste son dessein. Il revêt ma robe blanche du dimanche, mes chaussures à talons.

Il va là-bas, au jardin des morts.

Je peux la voir depuis mon lit, par la fenêtre ouverte, je peux voir cette femme creuser la terre à mains nues pour y retrouver le corps de Caryl. L'exhumer. Le rendre au jour. Le serrer contre elle, enfin.

C'est un crâne qu'elle berce, ce sont deux humérus — mais qu'importe : de mémoire, elle étreint la chair de son enfant. D'un pan de sa robe, elle essuie la sueur au front de son fils et le sang séché des stigmates.

Son enfant dans ses bras, elle s'endort à jamais et tous deux ils montent au ciel.

Elle fait ça, cette femme courageuse. *Plus forte qu'un bataillon de Marines*, disait d'elle son défunt mari. Il y a bien longtemps.

Atlanta, Noël 94, hôpital universitaire

Lui : «Tu ne peux pas te reprocher l'imperfection du monde. C'est comme une armée qui va, en abandonnant sur les bas-côtés des tas d'hommes parmi les faibles et les sans-grades. Et le gros de la troupe, dans tout ça, n'a pas l'air si malheureux. Pas assez en tout cas pour se mutiner. Tant que l'armée avance, ce n'est peut-être pas si grave. »

Moi : «Je te trouve bien cynique, mon fils. »

Lui : «Je te trouve bien angoissée, maman. »

Je l'ai embrassé. Il était si maigre entre mes bras.

«J'aimais cuisiner. J'aimais me lever avant tout le monde et faire le pain perdu au petit déjeuner

J'adorais ton pain perdu

J'aime le dimanche repasser la nappe damassée rose et or, sortir la belle vaisselle, les élégants verres à pied

J'aime tes raviolis au crabe, ta tourte à la viande, mais pas du tout ta salade de fayots. J'aimais les crêpes Suzette et le gâteau de coco

Mais les médecins ont dit que tu étais malade du sucre et, sans sucre, je ne savais plus quoi faire

Si j'avais su crever de tout autre chose que du sucre, on

aurait mangé des gâteaux et des crêpes et des gaufres tous les jours, pas seulement aux anniversaires, Thanksgiving ou Noël. Ç'aurait été fête tous les jours. »

Les bons sentiments, ça va. J'ai fait toute ma vie l'école des bons sentiments. Et mes gamins se tirent dessus, se tuent entre eux comme les leurres au ball-trap explosent en plein vol.

Comme s'ils n'étaient rien, ni leurs semblables ni eux-mêmes, juste des chimères, des hologrammes allégoriques de la jalousie, de la cupidité, de la vengeance, du ressentiment.

Comme s'ils n'étaient pas vraiment des corps, des corps aimés et capables d'aimer.

Il a douze ans.

Il vient vers moi un soir que j'écosse des pois sous le porche.

Il ouvre grands ses yeux verts et il dit « Maman, c'est dingue ».

Dingue, comme on se bat tous avec les clés qu'on a en main et qui n'ouvrent pas forcément les portes.

Ça va faire deux jours maintenant sans eau potable. Et comme elle n'a jamais bu l'eau pourrie, n'ayant que réprobation et dégoût pour cette intrusion dans son domaine, Lady s'épuise de soif et de faim. Elle s'est retenue de faire ses besoins depuis qu'elle ne peut plus sortir (depuis dimanche soir, donc), elle se retient comme si, même emplie d'égouts, cette maison restait la maison, le sanctuaire où l'on ne pisse ni ne chie. Depuis un temps que je ne saurais dire, deux heures, trois heures peut-être, elle est prise de crises nerveuses, elle se mord les pattes, tourne sur elle-même et soudain se cabre ou rue violemment.

La voir ainsi me noue le ventre.

Je reprends la hache. Plutôt que de grands gestes, plutôt que de force, je choisis la minutie, la patience. Je dois m'aider de mes doigts parfois, pour arracher des éclats que la hache n'atteint pas et élargir le trou. On dirait que la température a baissé de quelques degrés — la nuit, peut-être. La première épaisseur atteinte, mes mains sont en sang et mes avant-bras cramoisis et gonflés, tétanisés. Je reprends, de plus en plus lentement, je creuse, j'élargis, jusqu'à ce que la hache m'échappe des mains.

Alors se produit cette chose inouïe, cette folie bienvenue :

124

Lady vient vers moi en grognant, ses yeux flamboient dans l'obscurité, je vois le blanc de ses crocs sous les babines retroussées, je pense *Alors c'est ça? C'est ça, mon sort réservé? Cette triste ironie de mourir par elle?*, mais l'instant d'après elle enfouit sa gueule dans le trou et attaque à pleins crocs le bois entamé. Elle arrache, déchiquette, recrache, elle crie quand un éclat de bois, une écharde la blesse, puis elle réattaque jusqu'à s'en étouffer. Alors, je la prends dans mes bras pour la calmer, je la caresse, je vais à tâtons, de mes doigts perclus et poisseux de sang, ôter encore le bois que je peux.

Il fait nuit noire lorsque Lady glisse sa truffe au-dehors et s'époumone de plaisir. Ce n'est qu'un trou minuscule d'abord, un évent où je glisse mon nez à mon tour. Une liesse s'est emparée de la chienne, qu'elle me communique, un acharnement joyeux qui nous fait poursuivre notre percée. Le jour se lève lorsque je pose mon front sur un côté de l'ouverture. Lady halète face à moi, elle cherche l'air. Son haleine est atroce — et que peut bien valoir la mienne?

Passant la tête par la brèche, j'ai cru un instant avoir la berlue. Un monstre est arrivé dans la nuit pour apporter au massacre une touche burlesque. Un yacht. Un yacht venu s'échouer dans le jardin des Grant. Je ne parle pas d'un canot ni d'un hors-bord comme celui de l'acteur : je parle d'un vrai yacht avec des cabines, un salon sur le pont, des transats à la poupe, un bateau plus gros et plus meublé même que la maison Grant, qu'il plie, écrase de sa proue bleue encastrée dans le grenier. On dirait une baleine posée sur un nid de coucous.

J'ai voulu rire mais mes dents s'entrechoquaient. Dans la canicule revenue, je me sentais frissonner et je n'aurais su dire, de mon front, de mes genoux, de mes mains en charpie, quelle partie de mon corps brûlait le plus.

Je m'endors cinq minutes peut-être — je me réveille grelottante, les dents claquant de plus belle, le bas de ma robe trempé comme si je m'étais

Seigneur, non! Pas ça Pas cette fin-là Je n'ai rien bu depuis deux jours Un jour et demi, disons Comment serait-il possible que je me sois

pissé dessus comme une vieillarde, une folle, une demeurée?

J'ai vite fait de reconnaître l'odeur : l'eau a dû atteindre le plafond de la chambre et suinte, s'infiltre par la trappe.

«Tu la vois, Lady? Tu vois cette eau maudite qui nous poursuit, nous traque, nous persécute?

Quand la trappe cédera sous la pression comme les plaques d'égout au carrefour — des plaques de fonte, pourtant, soulevées tels des confettis —, quand l'eau aura gagné, que deviendrons-nous?

N'aie pas peur, Lady, aie confiance... J'aurai une solution... Je trouverai l'issue. Je dois juste me concentrer.»

Mais la tête me tournait, ma vue se brouillait de mille lucioles blanches. Mes genoux infectés lançaient des poignards dans mes cuisses, mes hanches et mon dos. Quant à la fièvre... montée d'un cran, elle me faisait presque appeler la noyade. Mon corps lâchait à petit feu.

Au son d'un hélicoptère qui passait par là, j'ai rampé sur les coudes vers l'ouverture et crié au secours. Le trou était si étroit que seuls y passaient un bras et une moitié d'épaule. Qui me verrait depuis le ciel? Qui m'entendrait?

Alors j'ai pris la bonne tête de Lady dans mes mains, j'ai

baisé sa truffe noire, ses yeux d'Égyptienne, ses oreilles de velours et j'ai dit : « Sauve-toi. Sauve-toi au moins. »

Je l'ai poussée au cul vers l'ouverture et elle a pris peur. Peur de l'eau où flottent les immondices et des rats qu'on n'a pas envie de croquer, aussi grande soit la faim. Peur d'être abandonnée, chassée de chez elle. Peur de mourir, peut-être, sans doute.

« Grimpe, ma chienne, accroche-toi de tes griffes et grimpe en haut du toit. Du faîtage, les pilotes te verront. Sauve-toi, ma fille. C'est l'heure maintenant. »

De ses griffes elle racle, elle cherche une prise entre deux ardoises synthétiques, mais la pente du toit est trop raide, la chienne épuisée n'a plus que sa peur pour gratter le shingle — bien en vain. Elle regarde le ciel qui ne lui dit rien, me regarde moi de ses grands yeux incompris, puis elle tourne la tête de côté et plonge du regard dans l'eau noire. Je crie non, mais déjà elle se laisse glisser sur le ventre, toutes griffes dehors, elle se retient encore, elle freine sa chute et je ne comprends rien à ce qu'elle veut alors, au plan que son instinct lui dicte, jusqu'à ce que d'un coup de reins elle se rétablisse sur trois pattes et plonge dans la vieille glycine noueuse : là, parmi les sarments, elle se creuse un panier de fortune. Je l'appelle, elle lève la tête et pour la première fois depuis deux jours, je vois sa queue balancer doucement.

Sous les paupières lourdes, mes yeux ont roulé, basculé loin derrière les orbites. Puis c'est tout mon corps qui fut happé en arrière et rendit un son creux de calebasse en s'affaissant dans l'eau.

Après, je ne sais plus.

Jeudi soir... vendredi, samedi, dimanche... je ne sais plus.

Issue provisoire

... Dégringolée, donc, roulée-boulée et atterrie sur la gouttière, retenue par la glycine bleue dont les branches lui tressaient une couche solide, la chienne avait trouvé une forme de salut.

Ce qu'on m'a rapporté :

Le soir tombait lorsqu'un hélicoptère de la télévision se mit à balayer de ses phares le quartier abandonné à la recherche d'on ne sait trop quoi. Dans l'objectif du caméraman soudain apparurent deux billes orange vif cerclées de blanc, les yeux intenses de Lady — intenses pour ce qu'il lui restait de forces et de vie à vivre.

À minuit, Lady apparaissait dans tous les journaux télévisés régionaux — Mississippi, Louisiane, Alabama, tout le monde partit se coucher avec au cœur l'image de ce chien (cette chienne, mais on ne le savait pas encore) prisonnier d'une gouttière mal entretenue.

Le lendemain, Lady faisait la une des quotidiens, certains ayant choisi de retoucher son beau regard halluciné pour la rendre moins effrayante, plus aimable.

Il fallut encore dix heures, un soulèvement populaire à travers tout le pays, pour que le maire donnât l'ordre aux garde-côtes de s'en aller sauver l'animal de la mort annoncée. Ce jour-là — c'était dimanche, sans doute, ou bien lundi? Le sens du temps, je l'ai perdu —, le ciel était sans nuage mais le vent tel qu'on redoutait une nouvelle tempête.

Si j'en crois l'enregistrement qu'on m'a montré à l'hôpital, le spectacle fut grandiose, un suspens haletant comme on les aime aux actualités télévisées : un sauveteur orange descendit par un treuil, retenant d'une main ferme la nacelle fixée à un second filin pour l'empêcher de tournoyer au vent.

Lorsqu'il s'agenouilla sur la glycine, sans doute afin de souligner le sublime du geste, un monteur eut l'idée d'ajouter des applaudissements. «Un chien abandonné trouve refuge sur un toit», disait le commentaire. Et lorsque l'ange en uniforme orange parvint à s'approcher du chien (de la chienne), il la vit si épuisée qu'il releva la tête vers la caméra dans l'hélicoptère et prit un air désespéré, pouce renversé, regard froncé. Au péril de sa vie, il avança tout de même jusqu'à la niche végétale de Lady, et, la prenant dans ses bras, parvint à la hisser dans la nacelle.

Tout cela dans la bourrasque, les rafales et la nuit : le monteur y mit tant d'applaudissements que le vacarme du vent fut écrasé.

Mais dans sa nacelle, la chienne hurlait. Pas de peur, non. Elle hurlait à la mort.

Alors on a largué un plongeur sur le site et l'homme armé d'une masse a détruit le toit. Je flottais sur le dos. *Sur le dos, oui, Aaron.* Comme une nageuse avertie. Bien qu'aveuglé par les phares des hélicoptères en ronde, l'homme-grenouille a levé en direction des caméras un pouce qui disait *Tout est OK.*

J'ai senti un bras passer sous les miens, un autre bras sur mes hanches, j'ai senti ses cuisses et ses jambes qui nous propulsaient, je me suis rappelé la fierté d'Aaron... *Plus forte qu'un bataillon de Marines...* alors j'ai décidé de faire confiance à ce corps solide et de dormir, enfin, dormir.

«Quarante-huit heures! s'exclamait le médecin à mon réveil. Quarante-huit heures de coma et d'hypothermie. Vous pourrez vous vanter de nous avoir fait peur.»

. . . .

Mon corps flottait sur le dos, bras en croix, la tête orientée vers le trou de lumière. Les sauveteurs ont dit : «Vous aviez l'air bien heureuse, vous souriiez.» L'un d'eux s'est signé, paraît-il, en murmurant «Bon dieu de bon dieu...».

Je nageais. Enfin je nageais. J'ai toujours rêvé, depuis toute petite, depuis mes premières escapades au lac, rêvé de faire la planche et envié mes camarades qui semblaient trouver à cette apesanteur une joie supérieure, une extase, peut-être, esprit et corps réconciliés.

D'abord ils m'ont sortie du grenier. Mon corps fut déposé sur une civière, cette civière arrimée aux brancards d'une nacelle puis la nacelle hélitreuillée avec beaucoup de mal, chahutée par les vents que la rotation des pales rendait fous : c'était un tourbillon cinglant, un ouragan miniature juste pour moi, un hommage du ciel en quelque sorte, la nacelle virevoltait et tournait sur elle-même tel un toton, *Mon Dieu ce n'est pas possible, mon Dieu retenez cette nacelle, Seigneur, laissez votre brebis regagner un cimetière chrétien.* Ça, c'est ce que j'ai pensé en regardant la vidéo du reportage huit jours plus tard, sur la télé de l'hôpital, mais sur le moment je ne pensais rien, rien du tout, à cette heure-là j'avais quitté le monde et dans ma mort en rêve je me sentais léviter dans une dormition céleste, libre pour l'assomption.

133

La voix de Caryl chantait cette comptine :

J'avais cinq marches à mon perron
Les quat' filles March avaient un père docteur
Y avait trois lanciers au Bengale
Et le facteur sonné deux fois
N'avait pas de courrier pour moi

Des plans de coupe, à l'intérieur du premier hélicoptère, montraient Lady attachée dans la carlingue et fixant de ses grands yeux le vide marécageux d'où sa maîtresse resurgirait peut-être. (On a dit depuis que pour attirer le regard de la chienne vers l'extérieur, un assistant de production de la chaîne télévisée jetait par la porte de l'appareil des brisures de poisson par seaux entiers, ce qui explique, éventuellement, que ma chienne à l'image avait sous la gueule deux grandes coulées de bave.)

C'est là, dans l'hélico, quand ils m'eurent chargée à bord, qu'ils volèrent à mon cou la chaîne en or avec la croix et la plaque.

Caryl Jackson 02 05 1965 Diabetes type 1 Insuline Blood type : B + I am a donor	In case of accident Please contact Troy Mackintosh + 1 677 549 7809

«Un appel pour Jackson», aboyait l'infirmière.

J'ai couru autant que je pouvais avec mon pied à perfusion. Dans la cabine j'ai crié : «Nina, viens me chercher.» Ce n'était pas Nina. Ce n'était pas ma nièce. Les sanglots enflaient dans ma gorge : «Comment m'avez-vous trouvée?»

Et lui : «Je ne vous ai pas trouvée. On m'a appelé, Mrs Jackson. Apparemment, vous portiez au cou la médaille de Caryl, et le téléphone gravé dessus est toujours le mien. Les médecins pensaient à un coma diabétique. Il s'en est fallu de peu qu'on vous injecte de l'insuline pour vous réveiller.»

Moi : «Qu'est-ce que ces conneries? Ai-je l'air d'une jeune femme née en 65? Ils ont raison sur une chose, les toubibs. J'aurais dû crever plus tôt. Pour laisser à mon fils l'avenir de la mort.»

Lui : «Ne pleurez pas, Mrs Jackson. Je viens vous chercher — si vous le voulez, bien sûr.»

Alors ce fut plus fort que moi : «Où est ma chienne? Cherchez-la, je vous en supplie.» Le combiné resta muet. «Cherchez Lady!»

Lui, toute petite voix péteuse : «Mrs Jackson, on ne retrouve déjà pas les humains. Qui songerait aux chiens?»

*

Ils ont fini par me trouver un lit dans un couloir, tout près de l'unité pédiatrique. Il y a parmi les enfants malades des gosses de ma ville, tout maigres, le regard creux et fixe, abandonnés ou dont les parents sont morts, peut-être.

Je pense à Lady, tout le temps, et si je pense à elle je crains d'éclater en sanglots. Ils m'ont dit qu'elle n'était pas morte. En tout cas, elle était en vie la semaine dernière. Je n'aurais pas imaginé que la séparation fût si affreuse, pas après toutes celles que j'ai vécues. Or le chagrin est suffocant : j'étais responsable d'elle, de son salut, et j'ai failli.

Quand je sens que la douleur me fera perdre la tête, je sors de mon lit blanc, j'empoigne ma perf et je vais voir les enfants qui réclament après leur feuilleton antique. La guerre de Troie est notre exutoire à tous.

*

Les chiens perdus ou orphelins de maître n'avaient guère d'espoir de survie. À maints égards, certains avaient quand même plus de chance que leur référent humain : eux, les chiens, avaient été recueillis dans une aréna que l'ouragan avait épargnée, une salle de sports et spectacles propriété d'une dame milliardaire des médias — aussi la télévision, très concernée, montrait de larges pans de cette charité si spéciale. La belle aréna ayant été bâtie sur un terrain comblé en surplomb de la rive ouest, chaque chien avait les pattes au sec, sinon au propre, ce dont peu d'humains pouvaient se vanter.

Troy a remonté les jambes de son pantalon à ses genoux et s'est aventuré dans le camp de concentration des chiens. Dix mille chiens sauvés, tablaient les journaux, mais pas un bol pour les nourrir et les abreuver, pas une laisse pour les tenir, et aucun désinfectant pour les nettoyer. Il évita de penser aux morsures, aux puces, aux tiques et à la rage, il avança, glissa plutôt sur le sol embrené, il appelait Lady et il fut un moment où quinze bêtes accoururent, qui devaient s'appeler Lady, à peine vues que recalées.

Au bout d'une demi-heure, il entendit gémir sous un amas de cartons. Il sut que c'était elle, sans raison. En soulevant le dernier carton, il la trouva là, repliée dans l'obscurité et crevant de soif. C'était une vieille dame à tête blanche, une chienne usée comme tant d'autres dans le camp ; le regard était voilé de cataracte mais le dessin en amande des yeux, lui, était toujours là, des yeux comme fardés, comme tatoués, qui donnaient à ce regard une physionomie imitée de l'humain presque dérangeante. Elle se levait à peine, poussant devant elle sa patte droite cassée. Cet air qu'ils ont tous, les chiens blessés, comme s'ils anticipaient notre peine et tout le souci causé. (*L'air de s'excuser*, me dit Troy dans sa relation des faits.)

La chienne ne l'a pas reconnu. Ni l'odeur ni la voix. Dix ans c'est long, même pour l'animal fidèle.

*

Troy la portait dans ses bras, elle sentait si mauvais, souillée de merde et de vermine, mais lui, heureux, soulevait au ciel la chienne rescapée puis il l'a embrassée sur sa gueule fétide avant de la déposer, fragile avec son attelle de fortune, au bout de mon lit. «Tu vois ta maîtresse ? murmurait-il. Tu

vas voir comme ce sera bien, comme tout va recommencer. »
Lady a rampé, haletante, du pied de lit jusque dans mes bras
couturés de tuyaux.

Aimer, ça compte, disait Caryl.

Aimer vraiment, c'est pas donné à tout le monde.

*

Il a vieilli, Troy, il a quarante-deux ans, comme mon fils
aurait eu quarante ans, et les derniers cheveux qui lui restent
sont blancs, les rides profondes au coin des lèvres. Je sais très
bien d'où elles viennent, ces rides, je peux les dater, je peux
dire l'année et le lieu où elles se sont creusées.

J'ai dit à Troy, j'ai crié : « Je ne peux pas garder ma chienne
ici. Les animaux sont interdits. »

Et lui : « Je suis venu vous chercher, Zola, si vous le voulez
bien. La proposition tient toujours et votre studio sur le jardin vous attend. Rien n'a changé, les peintures ont juste
jauni et les rideaux fané. »

« Je m'en fous, j'ai une sainte horreur des rideaux. » J'ai
hésité, de peur de le blesser. « Il y a des photos de mon fils
chez vous ? Parce que moi, j'ai tout perdu. Le torrent a tout
emporté. »

Troy a ri. Il est charmant quand il rit. Un petit garçon
rouquin qui ne respire pas vraiment le bonheur, mais rit de
bon cœur au-dessus du désastre.

« Il y a des photos, oui. Il y en a même trop, si j'en crois
mon entourage. »

« Ils ignorent, dans votre entourage, ils ne savent pas qu'il
n'y a jamais assez de Caryl. Combien on peut manquer de
lui. »

« Mais si, ils savent : ils étaient aussi des amis de Caryl. »

«Chez vous, je verrai des gens qui me parleront de mon fils?»

«Bien sûr, Mrs Jackson.»

«Et ces gens-là, ils l'aimaient, mon fils?»

«Ils l'adoraient.»

Les larmes se sont mises à couler, que j'ai voulu retenir, mais elles étaient les plus fortes et bientôt j'ai entendu ma voix dérailler.

«Une dernière chose. Dans votre jardin, est-ce que la chienne sera libre?»

«Mrs Jackson! Ai-je une tête à enchaîner les chiens?»

«Il n'y a pas de tête particulière pour ces choses... Et si jamais elle fait ses besoins sur la pelouse, sera-t-elle punie?»

«Le jardinier s'en occupera.»

«Ah oui? Et il est de quelle couleur, le jardinier?»

«C'est moi, le jardinier.»

Je ne sais pas bien comment je me suis retrouvée dans les bras de ce garçon — cet homme, à présent —, comment je me suis laissée aller sur son épaule.

«Votre proposition est absurde. C'est chez ma nièce que j'irai vivre. Là est ma place. N'importe quelle personne sensée dirait que c'est la nature des choses.»

«Je comprends, Zola, mais j'ai eu beau chercher, personne n'a pu me dire où était Nina. On sait qu'elle a été évacuée vers l'aéroport, puis qu'on l'a fait embarquer sur un vol dont on ignore la destination. Apparemment, elle était seule, sans son fiancé.»

«Ouais, bon. Les fiancés de Nina...»

«C'est juste qu'elle doit vraiment se sentir seule là où elle est.»

«Vous ne savez pas ce qu'elle est devenue? Vous ne me cachez rien, c'est sûr?»

«Certaines populations ont été dirigées sur Miami, d'autres sur Atlanta et d'autres beaucoup plus loin, beaucoup plus haut, dans le Minnesota, dans le Wyoming, jusqu'en Alaska.»

«Nina? En Alaska? Elle n'a que des minijupes et des débardeurs.»

«Ça n'aura fait aucune différence. Personne n'avait de bagages. Ils étaient les mains vides, sans argent la plupart, et certains sans papiers.»

«Vous voulez dire... qu'ils errent?»

«Oui.»

«Comme des personnes déplacées? Comme des déportés?»

«Je crois bien que c'est ça, oui, le juste mot. Je crois aussi qu'ils ne reviendront pas.»

«Nina reviendra, elle.»

«Oui, je le crois aussi.»

«Elle pourrait être à Atlanta, disais-tu?»

«C'est possible, oui. Si vous voulez, on lancera une alerte depuis chez moi, une alerte à travers tout le pays, à toutes les associations d'entraide. On cherchera refuge après refuge, État après État, on laissera des messages partout avec mon adresse. Ainsi Nina saura où vous trouver.»

«Ça sonne bien, ce que tu me dis là. Ça paraît raisonnable, intelligent et bien.»

Troy a installé Lady à l'arrière du pick-up, sur l'étroite banquette en bois, en l'enveloppant dans plusieurs plaids. Le vieux tacot tombé en ruine avait encore assez de souplesse pour transporter une chienne à la patte cassée.

La puanteur sous les plaids était à tourner de l'œil. Sans un mot, chacun a ouvert en grand sa vitre et on a roulé ainsi jusqu'à Atlanta.

Composition Graphic Hainaut.
Achevé d'imprimer
sur Roto-Page
par l'Imprimerie Floch
à Mayenne, le 23 novembre 2009.
Dépôt légal : novembre 2009.
Numéro d'imprimeur : 75210.

ISBN 978-2-7152-2874-0 / Imprimé en France.

161298